APPEL A L'HONNEUR,

OU

LES REMBOURSEMENS

EN ASSIGNATS.

Nota. On vient d'apprendre récemment que la
Maison de Commerce Pont et Gaillard de Lyon,
qui avoit remboursé en papier une somme de 6,000
liv. écus, à Madame Basset, veuve Rosiére, lui a
volontairement restitué 1,200 liv. écus, d'après la
différence du cours des assignats. Cette maison a
assuré à ses autres Créanciers une indemnité pro-
portionelle.

Honneur et reconnoissance au nom des bonnes
mœurs, à la Maison Pont et Gaillard. Ce généreux
exemple aura sans doute des imitateurs.

APPEL A L'HONNEUR,

OU

LES REMBOURSEMENS

EN ASSIGNATS,

DRAME EN III ACTES.

Prix 1 l. 5 sols.

A PARIS,

CHEZ J.-J. FUCHS, Libraire, rue des
Mathurins, Hôtel Cluny, N°. 334.

An V. *de la République,* (1797 v. st.).

PERSONNAGES.

M.   DESLANDES,   *Négociant.*
Mme. DESLANDES.
Mlle. LINARD ,   *Lingère.*
M.   MONCLAIR.
Mlle. BLOND ,   *Femme de chambre.*
NANETTE ,   *Servante.*
UN DOMESTIQUE.

La scène est partout à l'époque de la grande dépréciation des Assignats.

APPEL A L'HONNEUR ;

O U

LES REMBOURSEMENS

EN ASSIGNATS;

DRAME EN III ACTES.

ACTE PREMIER.

Le Théâtre représente un Salon auquel communique un Comptoir.

SCÈNE PREMIÈRE

M. DESLANDES (*une Lettre à la main*).

LE louis d'or à 6,000 liv.!... quel moment pour faire une grande fortune!... avec quelques louis je puis n'avoir plus de Créanciers; rentes , charges , obligations quelconques , tout est acquitté , amorti , éteint. Tous mes biens deviennent libres; je jette de nouveaux fonds dans mon commerce , je répare mes pertes, j'assure la plus belle existence à mes enfans. Quel jour, quelle affaire pour ma famille et pour moi.!... Cependant je ne sais d'où viennent les inquiétudes que j'éprouve; un si puissant intérêt ne m'inspire pas une joie pure ; une voix secrète s'élève dans moi contre moi-même. Voyons, avant de prendre un parti, examinons cette affaire sous toutes ses faces ; sans sortir de chez moi , j'ai le bonheur d'avoir dans ma maison un conseil qui mérite toute ma confiance ; le ciel m'a donné en partage une femme aussi éclairée que vertueuse, je veux la consulter, je veux lui soumettre et mon projet et mes irrésolutions.

> (*Il sonne, un Domestique paroît à la porte du Salon.*)

Dites à Mme. Deslandes que je voudrois lui parler.

S C È N E I I.

M. DESLANDES, Mme. DESLANDES.

M. D E S L A N D E S.

MA bonne amie, vous le savez, depuis le jour heureux qui a uni ma main à la vôtre, je n'ai jamais rien conçu, jamais rien fait d'important, sans vous le communiquer, et prendre votre avis ; et mon tendre amour pour vous vous renouvelle encore aujourd'hui cet aveu si cher à mon cœur et à mes souvenirs, que plus d'une fois vous m'auriez sauvé de quelques démarches hazardées, ou ramené à des idées plus saines, si je ne m'étois pas écarté de vos vues. J'ai aujourd'hui une affaire d'un intérêt majeur à vous faire connoître ; il ne s'agit de rien moins que d'un projet qui peut décider de toute notre fortune. Pour moi, ma détermination seroit prompte et déjà même arrêtée, si je ne me conduisois que d'après mon propre mouvement. Cependant, je vous l'avouerai; malgré ma conviction intime que je puis m'y abandonner sans crainte, je ne suis point tranquille; mille pensées diverses m'agitent et me tourmentent ; dans cet état d'incertitude j'ai besoin du secours d'une amie telle que vous pour me fixer , et me délivrer ou de mes projets ou de mes embaras intérieurs. Délibérons donc ensemble et apportons dans cette circonstance décisive toute la maturité de nos réflexions ; j'écouterai les vôtres, vous serez attentive aux miennes ; car je vous ouvre mon âme toute entière, un secret pressentiment me dit que nous ne partageons pas le même avis ; je connois l'extrême sévérité de vos principes; les miens sont un peu plus accommodans et plus souples ; mais, je vous le déclare, malgré l'ascendant que vous avez sur moi, je n'en ferai le sacrifice qu'à l'évidence même.

Mme. DESLANDES.

Mon ami, je suis on ne peut plus impatiente de savoir quelle est cette affaire dont vous voulez m'entretenir, de quoi est-il question ?

M. DESLANDES.

Le voici. Vous n'ignorez pas que nos biens ne sont pas liquidés à beaucoup près;

vous connoissez les charges dont ils sont grêvés.

Mme. D E S L A N D E S.

Je sais en général que vous payez des intérêts considérables à divers particuliers, pour d'assez fortes sommes qu'ils vous ont prétées, mais vous avez fait, je crois quelques paiemens à plusieurs époques, et je n'ai pas très-présent le reste de vos engagemens.

M. D E S L A N D E S.

Eh bien, pour vous présenter sous un seul point de vue toute la grandeur de l'intérêt dont il s'agit, je vais mettre sous vos yeux le tableau exact de ma situation actuelle envers mes Créanciers. Asseyons-nous, et ne perdez pas un mot de la lecture vous allez entendre.

(Il va chercher son livre de raison, il revient, s'asseoit près de sa femme, prend ses lunettes et lit).

Intérêts ou rente annuelle de 200 liv., au capital de 4,000 liv., payable à la Demoiselle Linard, lingère de cette Ville, par acte du 10 Avril 1781.

Autre rente de 180 liv., au capital de 3,600

liv., au profit des Mineurs Germain, par acte du 3 Février 1783.

Autre rente aussi annuelle de 120 liv., au capital de 2,200 liv., en faveur de la Veuve Valmois, ancienne Domestique de la maison, demeurant au Village de La Prè, paroîsse de Frontrenis, par acte du 15 Sept. 1784.

Autre rente annuelle de 3,000 liv. aux Sieur et Dame Monclair, habitans de cette Ville, par acte du 20 Décembre 1785.

Cession, transport et abandon général et spécial de tous droits, actions et prétentions, sur la succession de feus mes père et mère, faite en ma faveur, par la Demoiselle Marie-Christine Deslandes, ma sœur, moyennant une rente annuelle de 1,500 liv., et son logement dans mon domaine des Ardilières, par acte du 16 Mai 1786.

Emprunt de 1,2000 liv. à M. Granau, à cinq pour cent d'intérêt, en date du 17 Mars 1788.

Idem. de 8,000 liv. à Monsieur La Caze, même intérêt, en date du 2 Octobre même année.

(*Il ôte ses lunettes,*)

Voilà, mon amie, l'état présent de mes affaires qui me constitue débiteur d'une somme

de 6,000 liv. de rentes. Je ne vous dirai pas,
et vous le sentez comme moi, à quel excès
ces charges me pèsent et me sont insupor-
portables ; tous mes revenus s'engloutissent
dans cet abìme; mon commerce, tout étendu
qu'il est , peut à peine y suffire ; en vain depuis plusieurs années j'aggrandis mes spéculations ; en vain mes peines, mes travaux se
multiplient avec mes moyens d'industrie ; tous
les ans j'ai la douleur de me retrouver dans
la même gène, et cette gène peut dégénérer
enfin en un vide qui m'effraie pour l'avenir.
jusqu'à présent je vous ai dérobé cette position
cruelle par l'espoir que j'avois d'y voir un terme,
mais cet espoir m'abandonne , et il est temps
de concourir tous deux à sortir de cet em-
embaras ; pour moi, je le veux décidément,
les circonstances m'en ouvrent la voie, je me
propose de rembourser tous mes Créanciers.

Mme. D E S L A N D E S.

En assignats !

M. D E S L A N D E S.

Oui , en assignats.

Mme. D E S L A N D E S

Et quelle est leur valeur aujourd'hui ?

A 4

M. DESLANDES.

On m'a écrit ce matin de Paris que le louis d'or est à 6,000 liv.

Mme. DESLANDES.

Ainsi, avec 20 à 25 louis, vous vous libéreriez en entier.

M. DESLANDES.

Oui, c'est à-peu-près ce qu'il m'en coutera.

Mme. DESLANDES.

Le secret que vous venez de me découvrir, m'a douloureusement affecté ; je vivois dans l'intime confiance de la prospérité de vos affaires ; désabusée plutôt, j'aurois trouvé dans l'administration intérieure de mon ménage mille suppressions de dépenses mieux placées ailleurs, et tout récemment entre autres, jamais je n'aurois consenti au présent des deux riches robes que vous avez fait à vos deux filles ces jours derniers. Mais un bien plus grand intérêt m'occupe dans ce moment et il est au-dessus de mes forces de vous le taire ; si le mal dont vous me parlez est extrême, je suis saisie d'effroi, je suis pénétrée du sentiment d'une invincible horreur à la vue du remède que vous proposez. Ah ! mon bon ami, souffrez que je vous le dise , et qu'à mon tour je mette aussi mon ame à découvert devant vous ! Depuis long-tems j'observe en silence ces remboursemens. J'ai suivi assiduement tous ceux qui se sont faits autour de moi ; je savois que vous n'étiez pas insensible aux attraits d'une grande fortune , et quelques momens j'ai craint pour vous , j'ai tremblé que de perfides conseils, que la contagion de l'exemple , que ces masses d'assignats dont je voyois quelquefois votre bureau couvert, que peut-être votre pente naturelle pour la richesse , ne vous entraînassent dans la foule des Débiteurs infidèles. Mais à mesure que jai vu l'opinion publique se prononcer contre la nouvelle monnoie et la précipiter rapidement vers sa perte absolue , je me suis rassurée; graces au ciel, me disois-je, M. Deslandes n'a point à se reprocher de tentations criminelles , et jamais le mot de remboursement ne sera prononcé dans l'enceinte de ma maison. Eh bien, puisque vous me l'avez fait entendre aujourd'hui ce mot infâme , puisqu'il est tems encore de prévenir

une mesure qui peut compromettre des intérêts bien plus puissans que ceux de la fortune ; mon devoir, ma conscience m'imposent
la loi rigoureuse de ne pas trahir la confiance
d'un époux dont l'honneur m'est plus cher
encore que ses jours même.

Vous ne pouvez, mon ami, vous abuser
sur la nature de ce que vous appellez un
remboursement. Celui qui rembourse aujourd'hui, a la connoissance pleine et entière
qu'il fait un paiement parfaitement illusoire ;
il sait que le signe de ce paiement est un
signe impuissant et sans vertu ; il sait qu'il
remplace des valeurs réelles, des espéces ef-
fectives, par des valeurs mortes, des espéces
nulles ; il sait qu'il ruine son Créancier pour
s''enrichir lui-même. Quoi ! avec 20 louis ac-
quiter un capital de plus de 120 mille liv. !
Et vous pourriez-vous y déterminer ? Et vous
en avez seulement conçu la pensée ! Juste
ciel et à qui réservez-vous cette effroyable
injustice ? Savez-vous bien qu'après votre famille, vous n'avez pas, non, vous n'avez pas
dans l'univers entier d'objets plus chers que
vos Créanciers ? Avez-vous réfléchi que par
un concours de circonstances uniques, il

semble que le ciel se soit plu à remettre entre vos mains les dettes vénérables et sacrées de l'innocence, de la vertu et de la reconnoissance? Où est-elle, où habite-t-elle sur la terre cette vertu plus généreuse, plus pure que celle de Mlle. Linard, la mère, la sœur, la servante, la Providence de tous les pauvres de notre Ville, qui tous les jours verse dans leur sein la meilleure partie du revenu que vous lui devez, qui supplée sans relâche à l'insuffisance de ses moyens propres, ou par un travail opiniâtre, ou par son industrieuse importunité? Nommez-moi un être plus intéressant à vos yeux que cette bonne Veuve Valmois; elle dont le sein a remplacé pour vous le sein maternel; elle à qui dans les longues années des jours fragiles de votre enfance, vous avez couté tant de soins, de veilles, de sollicitudes et de larmes; elle à qui vous devez plus encore que la vie, je veux dire les principes honnêtes, les chastes exemples de votre première éducation. Eh, dites-moi, comment pourrez-vous soutenir un seul des regards et d'elle-même et de son infortunée famille, lorsque bientôt de retour aux Aridilières, au lieu de ce concert, de ces expres-

sions d'amour et de respect, qui toujours ac-
compagnèrent vos pas, vous serez accueillis
par les cris de la douleur, et les reproches
du désespoir ? Et votre Sœur , grand dieu,
le nom de votre propre Sœur est écrit aussi
sur votre fatale liste ! Et celle dont l'amitié
pour vous ne connoît ni bornes ni mesure ;
celle qui vous a fait le généreux abandon
d'une partie de son patrimoine, vous la déshé-
ritez , vous la dépouillez comme une étran-
gère ! Mon ami, je ne vous parlerai point
ici de vos autres engagemens , ni de ces in-
téressans Mineurs, les enfans de votre meilleur ami ; ni de ces respectables Monsieur
et Madame de Monclair, ni sur-tout de ce
généreux M. Garrau qui seul vous a sauvé
d'une crise que vous ne devez jamais ou-
blier ; non , je ne puis me défendre de le
croire , vous ne serez point insensible à tant
de motifs réunis, vous ne souillerez pas tout
à-la-fois vos mains des dépouilles de l'amitié,
du sang et de la reconnoissance.

M. D E S L A N D E S.

J'avois fait , ma bonne amie, une partie des
réflexions que vous me présentez , et cette
répugnance que je vous ai dit que j'éprou-

vois , n'avoit pas d'autre cause. Mais au tableau douloureux de la situation de mes Créanciers, j'ai à opposer un tableau mille fois plus déchirant encore, et c'est celui de la chûte de ma maison et la ruine de ma famille.

Le papier tombe, il marche à grands pas vers sa fin, et l'argent le remplace insensiblement; mais l'argent est d'une rareté extrême, le commerce languit, la foule des nouveaux faiseurs d'affaire se multipie tous les jours. Nous touchons donc au moment où d'une part tous mes paiemens seront exigibles en numéraire, et où d'une autre part, il me sera impossible d'en faire les fonds; tout m'annonce en effet cette situation prochaine; depuis que les anciennes monnoies sont rentrées dans la circulation, mon magasin n'a qu'un très-foible écoulement, mes ventes sont à-peu-près nulles, on ne rencontre de toutes parts que des acheteurs ou impuissans, ou timides, ou peu sûrs, soit par la disette des espèces, soit par la crainte d'un nouveau papier. Quelle perspective avec les charges dont je suis grèvé! Oui, je vous le dis, si mes engagemens survivent à la mort des assignats, si je suis forcé de payer annuellement 6,000 liv. à mes Créanciers, je me vois sans moyens d'y faire face ; les rentrées de mon commerce réunies aux revenus de mes domaines, ne pourront y suffire, je suis accablé de tout le poids de cette masse d'obligations, et ma chûte est inévitable ; n'en doutez pas, ma chère, c'est cette considération effrayante qui m'a fait naître la résolution que je vous ai communiquée ; je sens, comme vous, tout le mal que je vais faire, mon cœur me le reproche d'avance, mais l'impérieuse nécessité m'en fait un devoir ; je suis enfin placé dans cette désolante alternative, auprès de ces deux écueils extrêmes, de choisir entre ma propre ruine, ou celle de mes Créanciers ; je vous le demande, y a-t-il à délibérer ?

Mme. D E S L A N D E S.

Non, mon ami, ce n'est pas là votre véritable position ; dites, dites plutôt que vous êtes placé entre l'honneur et la honte, entre la réputation d'un homme probe, juste, fidèle à ses engagemens, et un nom odieux et abject. Quelles illusions vous séduisent ! Par combien de vaines craintes vous laissez-vous conduire ! qu'elles sont pauvres et fragiles

les considérations auxquelles vous abandon-
nez le dépôt de tout ce que vous avez de
plus cher au monde ! je ne l'ignore pas, la
détresse est prodigieuse, un mal-aise général
a frappé tous les membres du corps politi-
que, effet inévitable de ce long règne du
Crime, de ce torrent de tribulations dont
nous avons épuisé toutes les horreurs ; tant
de secousses révolutionnaires devoient avoir
un terme dans leur excès même. La France
aujourd'hui n'est plus cette Lande sauvage
qui dévore ses habitans : il a cessé pour elle
le spectacle de cette légion de corsaires fa-
rouches armés en course contre leurs propres
Concitoyens, avec des lettres de marque si-
gnées Robespierre, Carrier, Lebon : Ses
regards ne sont plus souillés de la présence
de ces Proconsuls exterminateurs qui colpor-
toient la mort, le deuil et le ravage dans
toutes nos Cités : il est passé le règne de ces
indignes délégués du Peuple, qui se dispu-
toient l'émulation du brigandage et du mépris de leur Souverain. ; elle n'est plus en
permanence sous ses yeux cette faulx redoutable, l'effroi de l'innocence, du juste, de
l'homme riche, de l'homme de génie. Ecoutez

l'opinion publique se lever en masse et répéter sur les théâtres, dans les familles, dans
les villes , dans les campagnes ,. ce vœu una-
nime pour une liberté sage , éclairée , im-
muable. Voyez toutes les mains réunies pour
briser les autels de la peur, et leurs barbares
idoles, et leurs sacrifices impies; puis s'élever
ensemble vers le ciel et jurer haine , exécra-
tion , insurrection universelle contre toutes
les tyrannies , toutes les factions , tous les
genres de servitude. Le Peuple Français se
prononce enfin , il veut une législation aussi
honorable que les trophées de ses guerriers,
il ne veut plus d'autre despote que la loi,
d'autres victimes que celles de la justice ,
d'autre esclave que la victoire. Déjà le corps-
législatif a entendu ce cri sauveur; déjà ont
disparu les armées révolutionnaires, les tribunaux, les comités qui partageoient l'opprobre du même nom; ils sont maintenant incon-
nus ces décrets dépopulateurs, ces mesures
spoliatrices, ces combinaisons homicides des
méchans armés de la toute - puissance du
Peuple, il ne nous reste plus d'eux que la
honte et l'éternel supplice de leur souvenir.
Le calme revient donc parmi nous, la confiance

fiance s'avance insensiblement sur ses pas,
et la confiance et le calme ont pour insépa-
rable cortège l'activité, le mouvement et la
vie dans toutes les branches de l'industrie.
Ne jugez donc pas, mon ami, de l'avenir
par le présent; la langueur actuelle du commerce n'est que momentanée, la disette du
numéraire n'aura aussi qu'un terme; non,
je ne crois pas à son émigration presque totale; il a été enfoui, caché, confié, dans un
tems d'immoralité et de désastres, au seul
dépositaire incorruptible du secret des fortunes; la terre, dans des tems plus heureux,
va le rendre à la circulation; mille canaux
sont prêts à s'ouvrir à ses innombrables écou-
lemens; d'immenses besoins à remplir, d'horribles plaies à cicatriser, de grands intérêts
à conserver, d'importantes liaisons à étendre,
tous les ressorts, tous les travaux de la re-
production dans les sciences, les arts, la cul-
ture, le commerce à reprendre, ranimer,
perfectionner; voilà maintenant le vœu et la
tâche d'une Nation ingénieuse et active, qui
ne connoît plus ni entraves, ni gêne à ses
audacieuses spéculations. Au milieu de ce retour de l'industrie nationale, pourquoi vous,

B

négociant connu , vous dont la maison est encore sans tache , vous investi de l'honorable confiance des étrangers , comme de vos concitoyens , pourquoi dis-je, n'entreriez vous pas en partage de la prospérité générale ? Vous craignez , dites-vous , la concurrence des nouveaux venus ; il est vrai que pendant le délire des émissions d'une monnoie factice , grand nombre de jeunes entreprenans se sont jettés à corps perdu dans les affaires , ils sembloient embrasser la correspondance des deux Mondes , ils ne parloient que de leurs capitaux et de leurs énormes bénéfices ; mais le voile se déchire tous les jours ; on sait maintenant apprécier ces millionaires d'hier , ces colosses de fortune de papier ; semblables à ces machines volantes qui ont occupé quelques momens les regards publics ; les ballons en effet peuvent soutenir durant plusieurs instans un certain degré d'élévation , mais ils ne contiennent que vapeur, vent et fumée, ou plutôt un vide affreux fait leur existence , au plus petit choc, au plus léger accident ; au premier point de contact avec l'air qui donne la vie, ils se précipitent rapidement de toute leur hauteur. Et d'ailleurs quelle est en général cette jeunesse qui s'est subitement lancée dans le vaste champ du négoce? Les uns sont étrangers à ses connoissances, les autres n'en ont par les moyens, ceux-ci consomment en proportion des produits, ceux-là partagent leur tems entre le comptoir et les cafés. Comptez, comptez sur la débacle prochaine de la plupart de ces intrus, et jamais leur rivalité ne sera redoutable.

M. DESLANDES.

Ma chère femme, voilà, à mon avis, un fort beau rêve, pour ma part je ne crois pas à vos prédictions ; le tems nous apprendra qui de vous ou de moi est dans l'erreur, mais j'ai sur le même sujet que nous traitons de nouvelles considérations à vous présenter, et je vais vous en faire part.

Vous vous rappellez l'état florissant de mes affaires lors de la loi du Maximum. D'immenses magasins remplis, un assortiment complet dans les objets d'une consommation sûre, me permettoient des débouchés faciles et des bénéfices honnêtes. A cette époque mes marchandises étoient payées partie en écus, partie en assignats qui valoient à-peu-près des

écus. A peine cette loi funeste est connue, tout
disparoît rapidement de chez moi, mes magasins sont vidés, dévastés, évacués; particuliers,
hommes publics, préposés, fournisseurs, agens,
administrations, tous fondent sur moi, comme
sur une proie commune; les mandemens , les
requisitions, les injonctions, les menaces de
dénonciations, d'exécution, de garnison me
dévalisent au nom de la loi ; pendant près
d'un an, je suis placé entre ma ruine et ma
mort; j'ai sauvé mes jours, mais par des sacrifices innouis; je survis à tant de fléaux,
mais je ne vois plus qu'un désert, où étoient
les dépôts de ma fortune. Eh bien , ma chère,
dans cet état de choses , après les horribles
ravages exercés dans la plus précieuse de mes
propriétés , pensez-vous qu'elle soit injuste ,
qu'elle soit illégitime la compensation que je
propose? N'est-ce pas là un dédomagement
naturel , et dont les malheurs qui peuvent en
être la suite viennent comme les miens, d'un
évènement majeur , d'une puissance irrésis-
tible? Car , je vous prie de bien saisir cette
idée; je suppose que ma fortune eut été d'une
autre nature , et qu'au lieu d'être placée dans
le commerce , je l'eusse possédée dans mon

porte-feuille ; certes alors , si j'eusse été remboursé par mes débiteurs , vous m'auriez vu sans peine donner d'une main ce que je recevois de l'autre , et éteindre mes propres dettes passives par la même voie dont on usoit à mon égard ; c'eut été là , je pense, même à vos propres yeux, une compensation de droit, et que la plus sévère équité ne pouvoit condamner. Eh bien , ne vous y trompez pas , ces enlèvemens forcés , ces dispositions arbitraires de la plus riche portion de mes biens, ces saisies faites sur mes marchandises et effets, sont de véritables Remboursemens , absolument semblables à ceux provenant d'obligations pécuniaires , ou de cessions de domaines ; dans l'un et dans l'autre il y a mise dehors de valeurs réelles, rentrées de valeurs discréditées, pertes en proportions de leur cours, autorité de la loi pour en légitimer les offres , contrainte, voie ouverte en justice dans les refus d'acceptation, en un mot, je ne vois pas quelle distinction on peut admettre entre ces divers titres de créances. J'ai d'une part acheté des marchandises, et elles m'ont été légalement remboursées avec une lésion énorme ; j'ai d'une autre part acquis des effets d'une autre nature, et je les rembourse légalement aussi avec perte pour mon Créancier, c'est un malheur·commun, mais dans une révolution comme dans une tempête, tout se heurte, tout se froisse, et au milieu de la confusion générale, on n'est point barbare pour fermer les yeux sur les périls des autres naufragés, parce que le premier sentiment, le seul que l'on doive écouter, est de se sauver soi-même. Enfin, vous le savez, des Remboursemens directs m'ont été faits il y a peu de tems, plusieurs rentes sur des maisons sont éteintes aujourd'hui ; ces rentes, il est vrai, n'étoient pas d'un très-grand intérêt, mais certainement leur valeur en papier, est bien inférieure à leur valeur réelle. Pourquoi ne reporterois-je pas cette monnoie en d'autres mains, et en vertu de la même autorité qui l'a mise dans les miennes? Je persévère donc à croire, que je peux opérer mes Remboursemens.

Mme. D E S L A N D E S.

J'ai besoin, mon ami, de quelques développemens pour répondre aux diverses observations que vous venez d'accumuler. Le sujet que nous traitons est si sérieux et si

grave , la résolution dans laquelle vous êtes
me paroît si ferme tout à-la-fois et si extrême ,
que c'est pour vous un devoir rigoureux de
considérer cet objet sous toutes ses faces , et
dans tous ses rapports.

J'établis d'abord en principe que tout débiteur ne peut se considérer comme parfaitement libéré, que par la remise totale de
la chose qu'il a reçue et aux conditions d'a-
près lesquelles il l'a reçue ; la plus petite re-
tenue , la plus légère soustraction suffit pour
le constituer détenteur du bien d'autrui. C'est
là, j'imagine , un principe que vous ne pouvez
vous défendre d'avouer , il est la base et la
sauve-garde de toutes les conventions sociales ;
il a été habituellement, religieusement observé
par tous les gens honnêtes et les hommes
délicats; il s'étend à tous les genres de dettes
possibles, de quelque nature qu'elles puissent
être. Ici, la question qui s'agite entre vous et
moi devroit être décidée ; car elle se réduit
à ces simples termes : d'un côté , qu'avez-
vous reçu ? qu'avez-vous promis? quels traités vous lient ? quels engagemens vous en-
chaînent? D'un autre côté, que donnez-vous?
comment dégagez - vous votre parole? par

quels moyens rompez-vous vos obligations?

Vous avez reçu des effets solides, d'un prix réel, accueillis par la confiance universelle, et vous les remplacez par des effets vils, sans crédit, et à-peu-près perdus de réputation.

Vous avez promis des intérêts ou services de rentes en monnoie représentative des fonds donnés, et vous vous acquittez avec une monnoie inanimée, un cadavre de monnoie qui va bientôt sortir de la circulation, et cesser d'en être le désespoir et la honte.

Nous avez engagé votre parole pour des termes fixes, et des échéances déterminées; et vous anticipez sur l'ordre de vos conventions, et vous dénaturez le mode de vos paiemens pour vous libérer par des paiemens illusoires.

Vous avez contracté pour l'avantage réciproque de vos Créanciers et le vôtre; et vous seul avez tout le bénéfice des traités, tout reste à-la-fois dans vos mains, fonds, capitaux, intérêts, prestations quelconques.

Vous avez fait servir des richesses étrangères à l'accroissement des vôtres; par elles, vos spéculations ont reçu de plus grandes dimensions, nos cultures, une amélioration nouvelle; vos profits une fécondité inconnue, et vous précipitez vos bienfaiteurs, les auteurs de votre fortune, dans un abîme de désolation et de ruine ; et leur confiance dans vous devient pour eux le plus grand des malheurs; et vous leur remettez entre mains pour toute ressource, un papier avili, frappé de l'impuissance de la réproduction.

Mais voulez-vous vous faire une idée plus précise encore et plus nette de la nature du paiement que vous projettez? J'en appelle à votre propre témoignage, je ne veux que vous pour vous juger vous-même. Dites-moi, lorsqu'à une époque très-peu réculée, vos débiteurs vous ont offert le remboursement des rentes dont ils vous étoient redevables, quelles impressions vous ont ils laissé d'eux? quelles observations leur avez vous faites? sous quelle qualification les avez-vous depuis considérés? Eh bien, mon ami, ce sera là votre nom et votre arrêt, vous l'aurez prononcé l'un et l'autre vous-même. Ces hommes qui vous sembloient alors si peu délicats, auront été vos précurseurs en injustices ; la trace de leurs pas n'aura paru que quelques instans avant les vôtres, dans l'invasion du bien d'autrui ; ils seront devenus vos modèles après avoir été l'objet de votre mésestime. Ah ! que des hommes grossiers, ignorans se soient laissés séduire par l'appas d'un gain aussi facile que rapide, je le conçois, les bornes de leurs facultés les jettent souvent dans d'étranges méprises sur le juste et sur l'injuste. Mais comment des hommes éclairés, instruits, élevés dans les habitudes d'une éducation soignée, des hommes revêtus de cette espèce de caractère public attaché à un nom honnête, à un crédit sans reproche, à la confiance de leurs concitoyens, ont ils pu fouler aux pieds de si grands intérêts, et franchir le pas terrible qui sépare la justice de l'improbité ? Est-il possible qu'intérieurement ils se croient quittes de leurs engagemens ? Leurs lumières et leur conscience ne s'élèvent - elles pas ensemble contre les chimères de leur libération ? Peuvent-ils se dissimuler qu'ils étoient aussi débiteurs envers la bonne foi et l'honneur , et que cette dette n'est jamais acquittée avec des valeurs sans valeur ? Quelle différence enfin peuvent-ils mettre entre eux et celui qui se refuseroit à toute espéce de paiement, par une dénégation absolue de sa dette ,

puisque le résultat est précisément le même
pour le Créancier? Mon ami, lorsqu'autrefois de fausses combinaisons, ou des revers
inattendus forçoient un négociant d'arrêter
ses paiemens, et de transiger avec ses Créanciers, le déshonneur, un nom odieux ne se
séparoient plus du nom de cet infortuné, et
tandis qu'il passoit par toutes les amertumes
de la censure publique, il avoit peut-être la
conscience d'une conduite sans reproche :
mais quelle tache infamante, quelle honteuse
flétrissure n'appelle pas sur elle cette épouvantable rapine qui rassemble au plus haut
degré tous les caractères d'une banqueroute
basse, frauduleuse, réfléchie, raisonnée, mé-
ditée d'après les calculs de la force réunie à
la cupidité? La loi, direz-vous, autorise votre libération, elle légitime vos Remboursemens; je sais, mon ami, le respect dû aux
lois de son pays, je sais que la soumission
doit aller quelquefois jusqu'à obéir à des lois
meurtrières et coupables rendues dans des
tems malheureux, ou par de criminels abus
d'autorité. C'est ainsi que je porterai dans le
calme et la paix ma tête sur l'échafaud de l'innocence; c'est ainsi que je me verrai, sans me

plaindre, compris dans la vaste proscription des Suspects ; c'est ainsi que je souffrirai sans résistance les atteintes faites au nom de la loi à mes propriétés; j'obéirai donc à une loi injuste jusqu'à être sa victime ; mais devenir moi-même aussi injuste qu'elle! mais m'associer à son iniquité ! mais l'exécuter dans ses odieuses dispositions! mais en profiter et élever sur elle un édifice de fortune pour moi et de ruine pour autrui ! Non, il n'est pas de puissance qui puisse m'ammener à cet état de dégradation. Et pourquoi cette répugnance invincible, cette rébellion involontaire contre les conseils et les criminelles invitations de la loi? c'est qu'il est dans moi, comme dans toute ame honnête, un législateur, un magistrat, un tribunal supérieur aux législateurs, aux magistrats, aux tribunaux temporels, qui m'accuse d'une souillure même légale, et me dit qu'accomplir une loi perverse est être son complice, et qu'être son complice, c'est l'avoir faite. Cessez donc d'invoquer l'appui d'une Législation caduque, périssable, sujette à l'égarement et à l'erreur, et remontez à cette législation éternelle qui vit dans votre sein, qui vous parle plus haut que moi, qui déjà s'éleve dans vous malgré vous-même, et qui toujours l'effroi du méchant, est aussi toujours la consolation, le bonheur, la vie, l'existence toute entière de l'homme juste.

Mais l'exemple, ajoutez-vous, les Remboursemens qui vous ont été faits et les pertes incalculables qu'ils vous ont causés, vous donnent droit à votre propre libération par une compensation équivalente. Que veulent dire de semblables rapprochemens? voici, si je ne me trompe, à quoi ils se réduisent. C'est-à-dire que, parce que vous avez été volé, il faut que vous voliez à votre tour; c'est-à-dire que, parce que vous avez trouvé des hommes de mauvaise foi, il faut que vous le deveniez vous-même; c'est-à-dire que, parce que d'impitoyables ravisseurs s'applaudissent en secret des moyens rapides de l'élévation de leur fortune, il faut que vous aussi, vous immoliez plusieurs familles au rétablissement de vos affaires. Doctrine farouche qui justifie toutes les représailles du crime! Morale exécrable et impie qui ouvre la porte à toutes les réactions du brigandage, à toutes les compensations de l'avidité! Eh,

je vous prie, qu'ont de commun vos Créanciers avec les pertes dont vous vous plaignez?
viennent-elles de leur fait, de leur influence,
de leur participation? Et cependant vous les
frappez du terrible contre-coup d'un accident qui leur est étranger ; vous les condamnez
à en être seuls les victimes ; vous ne voulez
pas même le partager avec eux ; vous voulez
que seuls il satisfassent pour vous, que seuls ils
vous indemnisent de vos malheurs et de vos
pertes. Eh bien, mon cher, attendez-vous à
un malheur bien plus grand, à une perte
bien autrement sensible, la perte de votre
honneur. Ah mon ami! si jamais la sainte
vertu de l'honneur pouvoit être banni des
autres classes de la société, elle devroit trouver son dernier asile dans le cœur du négociant ; c'est là que doit être son temple, son
autel, son culte privilègié ; c'est cet auguste
sanctuaire qui doit être inaccessible au soup-
çon, à la tentation, à la pensée même de
l'injustice. Ainsi autrefois idolâtroit l'honneur
cette ancienne roche de négocians dont vous
êtes sorti. Quels souvenirs, grand Dieu, quels
hommes, quels ancêtres vont s'offrir à vous,
si vous portez vos regards en arrière ! Mais

en même-tems, quelle déplorable destinée
vous devez lire dans l'avenir pour vos enfans!
un nom flétri, un héritage de réprobation,
un patrimoine de honteuses dépouilles, voilà
la postérité qui va s'ouvrir devant vous et
peut-être sous vos propres yeux. Car, n'en
doutez pas, la justice fera sa révolution,
comme le crime a fait la sienne pendant les
dix-huit mois de consternation, de mort ou
d'agonie de toutes les vertus publiques et
privées. La justice encore aujourd'hui conva-
lescente des larges plaies, des horribles mu-
tilations qu'elle a endurées; la justice qui ne
se verse encore maintenant que goutte à
goutte, sera bientôt distribuée par torrens
dans tous les canaux de l'opinion publique;
la Souveraincté du peuple elle-même devien-
dra son formidable organe, et les législateurs
seront élus parmi ses plus fidèles mandataires.
Déjà elle a commencé son discernement et
son triage; déjà elle a formé son redoutable
jury contre la horde abominable de proscrip-
teurs, de terroristes, d'amnistiés, de proconsuls féroces, de sacrilèges, de blasphémateurs,
de corrupteurs des mœurs, cet impur arrière-
faix de l'enfantement de la liberté. Bientôt elle

écrira sur son même livre , sur ces pages d'une éternelle ignominie les rembourseurs, les traîtres à la foi jurée , les violateurs de leur parole , avec les générations toutes entières enrichies de leurs rapines. Alors seront traînés dans la boue ces noms avilis , liés aujourd'hui à la réputation d'une probité hipocrite; alors seront exhumés en quelque sorte ces hommes de proie, connus par l'infâme trafic de la substance de leurs Créanciers, et leur mémoire (permettez cette expression qui peint fortement ma pensée), et leur mémoire jettée à la voirie de l'opinion publique. Alors cette semence dans le crime produira sa récolte dans la malédiction ; alors les théâtres, les places ; les sociétés , les tribunes , les placards , les tribunaux reverseront à grand flots sur les enfans l'opprobre des pères. Alors rassasiés d'outrages , fatigués d'une existence empoisonnée , rejettés de toutes les alliances honnètes, marqués pour jamais du sceau d'injustes possesseurs de bien usurpés, les enfans ne retrouveront la paix de l'honneur que par l'abandon des dépouilles de l'injustice. Et pourquoi le proscripteur et le rembourseur seront ils placés sur la même ligne, et

dévoués

'dévoué au même anathème? c'est qu'en effet, ils ne sont séparés que par une nuance
presqu'insensible. Tous deux disposent de la
vie de leurs frères, tous deux agissent au
nom de la loi. Le proscripteur égorge, assa-
sine, promène sur toutes les têtes l'instrument
fatal, mais au moins sa rage expire avec la
chûte du fer homicide. Le rembourseur plus
inhumain enchaîne son rentier sous le cou-
teau d'une autre guillotine plus redoutable
encore, èt dont le supplice consiste à donner tout à-la-fois et à suspendre la mort; il
n'immole sa victime qu'après les longues tor-
tures d'un horrible martyr; il boit à longs
traits tout le sang de ses veines, il dessè-
che l'une après l'autre toutes les secours de
sa vie; il vit de ses douleurs, il se joue
de ses lamentables accens, il la retourne
sans cesse sur les brâsiers dévorans de la
faim, de la misère, de l'humiliation, du désespoir; il contemple d'un œil sec et sans le
plus foible retour à la pitié, jusqu'aux dernières palpitations du sentiment, jusqu'aux
dernières sueurs de l'agonie. Eh quoi donc,
mon ami, quoi vous iriez vous inscrire sur
ce tableau hideux! vous mesureriez de sang

froid cet abîme de honte et de bassesse !
vous iriez donner votre nom à cette milice
d'hommes pervers, de malfaiteurs, de bour-
reaux de la société ! vous signeriez sans frémir l'arrêt de mort de votre honneur, du
mien, de celui de vos enfans! Quoi, dis-je,
votre âme encore pure, vos mains encore
novices dans le crime, feroient leur premier
essai par tant d'attentats ! Non, cette idée
m'est insuportable, non je ne puis vous le
taire, mon supplice, notre supplice à tous,
commencera avec celui de vos Créanciers ,
et le surpassera peut-être.

M. D E S L A N D E S.

C'est-à-dire, ma chère, qu'il faut que tout
le poid de la révolution porte sur moi ; abi-
mé , écrasé sous les malheurs des remboursemens , à votre avis je ne peux pas en faire;
ruiné par l'autorité de la loi, je ne peux l'invoquer à mon tour ; arraché de force à ma
fortune, je dois vivre au milieu de ses dé-
combres, sans chercher à en sortir par les
mêmes voies qui les ont entassées autour de
moi. Il faut enfin que toutes les pertes, tous
les revers, toutes les chances douloureuses

s'épuisent sur moi, aboutissent, finissent et se terminent à moi seul, et cela, par je ne sais quel faux point d'honneur, par quelles craintes exagérées, votre imagination ardente et des scrupules mal entendus, se sont plû à réunir en compulsant, pour ainsi dire, jusqu'aux évènemens à venir. Sans pouvoir vous dire encore à quel parti je m'arrêterai, je suis bien aise de savoir ce que vous pensez sur le fond du projet lui-même. Je crois, comme vous, qu'il mérite les plus sérieuses réflexions, et je suis bien décidé à ne rien entreprendre légèrement.... Mais il se fait tard, j'ai promis de me rendre chez un de mes amis; je vous laisse, en vous demandant à vous-même de revenir sur vos pas, et de voir si, d'après un plus mur examen, votre inflexible sévérité ne peut pas se plier aux circonstances.

Fin du premier Acte.

ACTE IIme.

SCÈNE PREMIÈRE.

Mme. DESLANDES.

UNE inquiétude mortelle me dévore ; d'affreux pressentimiens ne me quittent pas. Quelle nuit j'ai passée ! et dans quel trouble je suis encore ! Epoux infortuné serois-tu coupable ! aurois-tu consommé ton criminel projet !.... Hier soir, M. Deslandes rentre chez lui, je l'aborde, il me regarde avec embaras, il ne me répond que quelques mots vagues, entre-coupés ; bientôt après un huissier entre dans son comptoir, et ma fille le voit sortir avec un énorme paquet d'imprimés qu'elle croit être des assignats. L'heure du souper arrive, le calme renaît dans mes sens ; M. Deslandes ne me paroît plus dans sa première agitation ; il cause, plaisante, raisonne avec nous avec son abanbon ordinaire ; il me dit même avec le plus grand sang-froid , qu'il retient pour le lendemain une demie heure de ma matinée pour me faire part des suites du long entretien que nous avons eu ensemble. Cependant à peine j'étois dans les douceurs d'un premier repos, une voix, un bruit confus m'éveille tout-à-coup ; j'écoute, c'est Monsieur Deslandes dans le travail d'un sommeil fatiguant, qui parle, converse, se plaint. Des maux inarticulés, des sons demi-formés d'abord se font entendre , mais bientôt à la suite des transports irréguliers, des mouvemens passionnés et des convulsions de cette espèce de délire, jentends très-distinctement ces mots sans liaison et sans suite. Malheureux!... la Veuve et l'Orphelin !... Remboursement!... l'exemple!... l'honneur !... mes pauvres Enfans !... Il n'est que trop vrai que souvent les plus vives affections de l'ame se peignent dans le sommeil, et plus d'une fois un songe a trahi son secret. De quel présage sont pour moi et ce songe et la confidence qu'il m'a faite? M. Deslandes est-il aux prises avec l'honneur ou le remords? a-t-il fini hier cette malheureuse affaire , où bien puis-je faire encore un dernier effort pour la prévenir ? Vain espoir, vœux superflus peut-être ! Cette absence d'hier, cet accueil gêné, cet étranger si tard dans la maison, ce rapport de ma fille, cette nuit sur-tout, tout pèse à-la-fois sur mon cœur oppressé, tout devient pour moi de sinistres prédictions. Qu'il me tarde de voir M. Deslandes !... Mais je l'entends, je crois... oui c'est lui-même.

SCÈNE IIme.

M. DESLANDES, Mme. DESLANDES.

M. DESLANDES.

JE vous cherchois, ma bonne amie, pour nous entretenir de notre grande affaire. Il s'est passé bien des choses depuis notre dernière entrevue ; maintenant que mon parti est définitivement arrêté, je dois vous dire comment et par quelles voies j'y ai été conduit.

Hier soir je me rendis à une assemblée d'arbitres convoquée, pour vider une diffi-

culté survenue entre deux de nos amis com-
muns ; nous étions cinq, Lagrange , Du-
peron, Frustier, Richaud et moi. Les clauses
et dispositions de l'arrangement réglées , je
ne sais par quel hazard la conversation est
tombée sur les Remboursemens. Il est, je
crois, inutile de vous rendre tous les détails de
la discussion aussi étendue qu'animée qui a
eu lieu à ce sujet ; il me suffira de vous dire
que l'opinion sur la légitimité de ces paiemens n'a pas été incertaine : Frustier , Duperron et Richaud l'ont soutenue de tous
leurs efforts ; le seul Lagrange s'est fortement
prononcé pour des principes opposés.

Mme. D E S L A N D E S.

Les défenseurs des Remboursemens en
ont-ils à faire ?

M. D E S L A N D E S.

Il y a bien plus, ils ont déjà commencé,
et sous très-peu de jours, toutes leurs créances
seront liquidées.

Mme. D E S L A N D E S.

Je vous l'avoue, je ne reviens pas de ma
surprise , et je me sens à-la-fois saisie du

sentiment de la plus profonde tristesse. Quoi Duperron, quoi Frustier descendre à ce degré d'abbaissement ! Duperron jusqu'ici le modèle de toutes les vertus religieuses! Frustier dont le nom se retrouvoit toujours parmi les noms chers à l'indigence! Duperron devenu tout-à-coup le fauteur d'une doctrine immorale et impie ! Frustier converti maintenant en assassin du pauvre et de l'orphelin! Quelle déplorable chûte ! Et comment se fier à l'extérieur de la vertu! Pourquoi faut-il que la piété du cœur, que l'humanité franche et vraie n'aient pas leurs signes, leurs inaltérables caractères qui les distinguent de la feinte piété, de l'hipocrisie, de l'humanité! Mais vous enfin, M. Deslandes, car ce que vous venez de me dire commence à me jetter dans d'étranges allarmes, quel parti avez-vous pris ? De quel côté vous êtes-vous rangé ?

M. DESLANDES.

Vous imaginez bien que je n'ai pu être indifférent à une discussion de cette nature; j'y ai pris au contraire une part très-active. Dabord j'ai feint de faire cause commune avec Lagrange, et j'ai reproduit alors tous les raisonnemens, toutes les objections que vous avez cru devoir opposer à mon projet. Tout cela ma chère a été traité de visions , chimère, scrupules désordonnés, fanatisme d'esprit de parti, et il faut avouer que vous avez prodigieusement exagérée dans votre opinion. On m'a dit qu'il étoit de droit naturel, et d'une éternelle justice de rendre comme on recevoit, de payer comme on étoit payé , avec les signes du cours avec la monnoie de l'état, quoiqu'elle eut perdu de sa valeur nominale, et qu'alors sa perte , au lieu de retomber à plomb sur quelques individus seulement, devenoit presqu'insensible à tous, par la part que tous étoient forcés d'y prendre. On m'a cité un très - grand nombre d'autorités et d'exemples ici, dans nos campagnes , dans nos villes voisines et éloignées, qui attestent l'immense circulation de ces Remboursemens sur toute la surface de la république. Il est enfin une dernière considération qui m'a infiniment frappé , et la voici : dans la crise actuelle il y a iné- vitable nécessité de la part du Débiteur ou du Créancier, que l'un soit sous la dépen- dance et pour ainsi dire à la merci de l'au- tre; alors peut-on raisonablement balancer

entre donner la loi et la recevoir, sauf en-
suite à tempérer la rigueur de cette loi sui-
vant les circonstances? C'est d'après ces réflexions, les lumières et la conviction qui les
ont suivi, que je me suis déclaré hautement
pour la cause opposée à celle de Lagrange,

Mme D E S L A N D E S.

Ainsi donc vous songez sérieusement à
faire vos Remboursemens?

M. D E S L A N D E S.

Je suis plus avancé que cela ma chère,
ils sont faits.

Mme. D E S L A N D E S (*mouvement de
surprise.*)

Comment faits !

M. D E S L A N D E S.

Oui faits, c'est une affaire finie, consommée, et il n'y a plus à y revenir.

Mme. D E S L A N D E S.

Et vous n'avez pas daigné m'en dire un
seul mot! Cependant....

M. D E S L A N D E S.

Oh voilà précisément ce que je voulois
éviter, vous n'auriez pu que me répéter vos

réclamations, vos tableaux, vos mouvemens
exaltés, et sans rien changer à une résolution
irrévocablement prise, ils pouvoient entraîner
quelques débats orageux et compromettre
peut - être la paix de la maison. J'ai préféré
d'ammener seul cette affaire à sa conclusion,
et de vous la taire pendant quelques instans.
Ce plan arrêté, hier en sortant de notre assemblée, je suis allé chez mon huissier, il
s'est rendu à l'heure convenue dans mon
comptoir, prendre mes notes, et les 120 mille
livres que je dois. Dès ce matin il a du commencer sa tournée tant dans la ville que
dans la campagne, et maintenant je pense
que tous mes Remboursemens sont faits soit
en sommes acceptées, soit en acte de dépôt.

Mme. D E S L A N D E S

Le voile est donc enfin déchiré! Les voilà
accomplis ces funèbres augures précurseurs
de l'horrible révélation que je viens d'entendre! Jour de désastre et d'opprobre qui, en
nous couvrant du mépris universel, nous en-
lève peut - être encore à nos propres yeux
l'estime de nous-mêmes! Vous parjure à vos
promesses! vous spoliateur d'un dépôt confié

à votre probité; votre épouse, vos enfans réputés vos complices! Nous tous enfin riches, fortunés, heureux du malheur et des larmes de nos parens et de nos amis ! Existât-il jamais une famille et plus coupable et plus vile !....

M. DESLANDES.

Toujours extrême donc, ma bonne amie; toujours lisant dans un avenir noir, toujours emportée au-delà des bornes! vous avez vu ma modération, ma persévérance même à entendre vos plus amers reproches, et je croyois avoir droit à des ménagemens de votre part.,..

Mme. DESLANDES.

Ah pardonnez, cher ami, à l'excès de ma douleur! mon crime à vos yeux, a sa source dans mon tendre amour pour vous. Ma divinité sur la terre est votre honneur, le mien, celui de ma famille; puis-je sans frémir toucher au moment qui me le ravit pour jamais? Vous me rappellez les ménagemens que je vous dois, les aurois-je oubliés, mon ami, où bien me méprendrois-je sur la nature de mes devoirs ? Dois-je être auprès de vous cette femme timide , tremblante , dont l'aveugle déférence ne connoisse d'autres volontés que les vôtres , dont la servile imprévoyance abandonne jusqu'aux plus chers intérêts au hazard des évènemens ? Vous le savez, jamais vous ne m'avez imposé, jamais je n'ai connu cet insupportable joug. Mais tenant auprès de mon époux une place plus digne et de lui et de moi, à mes yeux, ma destinée unie à la sienne est si étroite , le lien qui m'attache à lui est tellement indissoluble et intime qu'il n'est pas un seul moment de sa vie qui me soit étranger , que ses erreurs et ses écarts même me semblent personnels. J'ai donc dù, mon ami, me prononcer devant vous avec l'énergie du sentiment que j'éprouvois en moi-même. J'ai dû appeller toutes mes forces , déployer toutes mes facultés , donner un libre cours à tous les mouvemens d'une ame indignée, je vous le répète, de voir l'honneur fléchir , broncher devant un vil intérêt. Non , n'attendez pas de moi d'autre langage; je ne connoîtrai jamais ni transaction , ni pacte , ni complaisance criminelle. Vous allez devenir l'objet constant de mes importunités. Mais si mes malheurs étoient assez grands pour ne pouvoir obtenir de vous un retour sur vousmême ; ma résolution est irrévocablement prise, je m'associe en quelque sorte à la nouvelle existence que vous allez commencer, le ciel et vous seul serez témoins de mon opiniâtre résistance à vos Remboursemens. Ce calice du déshonneur, cette lie de l'opprobre et du crime, je la boirai, je l'épuiserai avec vous ; reconnue innocente aux yeux des hommes honnêtes, vous seriez trop malheureux d'être jugé seul coupable, et en me dévouant au partage des affronts, des tourmens et des peines dans tous les genres qui vont fondre sur vous, j'en diminuerai l'amertume.

M. DESLANDES.

Votre générosité me touche, ma bonne amie, mais je la crois inutile ; encore une fois, ces notions sombres, ces orages prêts à éclater sur nos têtes, me paroissent absolument imaginaires. Et pourquoi serions-nous distingués de tant d'autres? Des milliers de Remboursemens de même nature ont été faits et s'opèrent tous les jours ; a-t-on vu le moindre mouvement, la plus petite variation dans l'o-

pinion ? a - t - on oui dire que ces Débiteurs
eussent rien perdu dans l'estime et la confiance publique? D'ailleurs, ma chère, notre
position sera peut-être plus favorable encore,
je vous l'ai déjà dit, il est possible un jour
de venir au secours de nos Créanciers , et
je ne serai point insensible à leurs besoins.

Mme. D E S L A N D E S.

Ainsi une dette sacrée , un dépôt d'honneur se convertir entre vos mains en une
avilissante aumône ! Ainsi vous dépouillez sans
pitié des familles honnètes, pour les soulager
un jour à votre porte ! Ainsi vous ravissez la
totalité de la fortune de vos Créanciers, et
vous vous réservez de leur distribuer quelques foibles miettes d'un pain de douleur ! Et
c'est là ce que vous appellerez n'être pas insensible aux besoins des indigens ! Quoi des
besoins qui n'existeroient que par vous ! des
indigens qui seront votre ouvrage ! Une aumône faite avec leur propre bien ! De la com-
passion, un tendre intérèt pour eux au moment seul où vous les avez reduit à la men-
dicité ! Alors ne vous mettrez-vous pas aussi
au rang de leurs bienfaiteurs ? ne prétendrez-

vous pas peut-être encore à leur reconnoissance ? Non, non, mon ami, un scandale
aussi révoltant ne peut pas rester long-tems
impuni ; un cri universel s'élevera bientôt
contre ce débordement de rapines, déjà l'on
parle de la suspension prochaine de la loi ,
sur les Remboursemens à venir; n'en doutez
pas, les Remboursemens faits auront leur
tour ; oui, j'ai une telle confiance dans la
marche aujourd'hui fortement prononcée et
les progrès rapides de la justice publique ; je
me repose avec tant d'assurance sur cette
horreur universelle, sur ces soulèvemens de
cœur que par-tout inspirent les Remboursemens en papier, que de quelque nature qu'ils
soient, et d'après quelque titre qu'ils aient été
faits, tous ils seront enveloppés de la même
proscription. Je vous le redis donc encore,
il est impossible que la révolution ne rétro-
grade pas dans cette partie ; elle s'élèvera
cette voix qui apppellera à de nouveaux
comptes et les auteurs des lâches confisca-
tions des deniers du pauvre, et ceux qui
ont remplacé des capitaux réels par des capitaux nuls , par des signes imposteurs et
dans leur nom et dans leurs effets. Il honorera

un

un jour notre législation, cet hommage so-
lemnel rendu aux mœurs, à la pudeur publique; qui doit consacrer pour jamais le
retour des principes conservateurs de l'ordre
social et de la propriété. La loi des Remboursemens les a ébranlés jusques dans leurs
fondemens; la loi des Remboursemens est
la plus grande dégradation à laquelle le régime révolutionnaire ait fait descendre la
morale; le régime constitutionnel doit en effacer toutes les traces , au nom et pour la
gloire de l'honneur français. Ainsi disparoî-
tront ces actes impurs de la mauvaise foi et
de la cupidité, et il ne restera que la honte
d'y avoir attaché son nom. Voulez-vous ,
mon ami, vous exposer à voir paroître le
vôtre dans les dédomagemens de contrainte,
dans les restitutions et supplémens forcés de
la justice? Voulez-vous être du nombre de
ceux dont les païemens seront déclarés de
la même nullité que les valeurs qui les ont
consommés?

M. DESLANDES.

Et voilà comme vous vous abusez vous-
même. Quelle loi voulez-vous qui puisse

intervenir un jour sur des Remboursemens de la nature des miens? Les créances assises sur moi n'ont pour origine ni rentes consti- tuées, ni transports de bien-fonds ; ce sont des emprunts purs et simples, et oubliez- vous qu'une fois leur Remboursement opéré, il n'est plus de titre , plus de vestige de l'existence de la dette par le retirement des divers billets qui la constatoient?

Mme. DESLANDES.

Je sais, mon ami , que de toutes les clas- ses des Débiteurs infidèles, celle des Débi- teurs sur billet ou obligation privée, est la plus difficile à atteindre. Et pour cela vous pourriez penser qu'une législation honnète puisse être insensible et muette au milieu de cet effroyable amas de ruines entassées par de pareils Remboursemens? Mais dites- moi, mon ami, l'argent que j'ai prêté n'étoit- il pas mon bien, ma substance, ma vie? ne formoit-il pas une propriété dont moi seule pouvois disposer? Dépendoit-il d'un décret de la transporter entre les mains de mon Débi- teur? Ce Débiteur pouvoit-il se l'approprier par une autre volonté que la mienne? Quelle

différence peut-il y avoir entre une dette
établie sur une constitution de rentes, ou
cession de domaines, et une autre dette
provenant d'un emprunt de deniers? Dans
l'un et l'autre cas n'y a-t-il pas semblable obligation de remettre aux Créanciers sa chose ou
sa valeur représentative? Le titre, dites-vous,
et la nature du contrat distinguent essentiel-
lement ces deux créances ; quoi ! c'est le
plus ou le moins de solemnité d'un acte qui
décide de la force de son engagement! Quoi!
parce qu'ici *sont* des *formes publiques*, et
que là l'usage ou une confiance mutuelle les
a écartées, vous voulez que le premier Débiteur soit tenu à l'exécution littérale de son
traité, et que le second dénature le sien à
son seul profit? Eh, mon ami, que font
ici les formes et les caractères extérieurs d'une
convention ? Existoit-elle ou non entre nous?
tout se réduit à cette unique question. Qu'importe donc que mon Débiteur ait abusé d'une
loi barbare? Qu'importe qu'il m'ait forcé en
son nom de recevoir mon Remboursement
avec un signe sans valeur? Qu'importe qu'en
vertu de cette même loi, il ait arraché de
mes mains le titre de son obligation? Le Lé-

gislateur a mille moyens de suppléer à ce
titre qui n'est plus, qu'une injustice légale
m'a enlevé avec ma propriété, et de faire
revivre des droits que l'oubli de la conscience
et de l'honneur n'a pas eu honte de fouler
aux pieds. La notoriété publique, la preuve
par témoins, la preuve par écrit de la correspondance et des registres , les aveux du
Débiteur , les indiscrétions peut - être de
sa barbare joie, son serment enfin en présence de ses juges ; oui, que le Législateur
autorise le Créancier remboursé à recueillir
tous les documens, toutes les récognitions,
toutes les traces qui justifient sa créance , et
de ces témoignages réunis résultera un nouveau titre aussi légitime que le premier. Et
n'en doutez pas, le Corps-Législatif doit à
la société cette loi réparatrice du scandale
des Remboursemens ; mais si jamais elle ne
doit épurer notre code, il n'est plus qu'un
moyen de venger à-la-fois les mœurs, le malheur et l'honneur outragés. Pour moi, je vous
l'avoue, je ne balancerois pas un instant à le
prendre, si j'étois une des infortunées victimes des Remboursemens. Je saisirois la plus
foible présomption, le plus léger indice de

ma dette, je citerois mon Débiteur en justice, je le traduirois devant tous les juges, j'épuiserois tous les degrés de jurisdiction, de paix, de première instance, d'appel, de cassation même; je l'appellerois à son serment, en attestant le premier par le mien la vérité de ma réclamation. Je succomberois peut-être par le vice des formes, mais si la rigueur de la justice se refusoit à me rendre à mes légitimes droits, j'aurois au moins dénoncé, j'aurois signalé la mauvaise foi dans l'éclat d'une procédure publique. Tremblez, mon ami, d'être bientôt peut-être appellé devant le tribunal de l'opinion, en soutiendriez-vous les redoutables et humiliantes épreuves ?

M. DESLANDES.

Tenez, ma chère femme, finissons cet entretien; vous êtes très-décidée dans votre opinion; moi, je tiens fortement à la mienne, l'événement décidera entre nous; parlons d'autre chose, s'il vous plait.

Vous savez que l'on célèbre aujourd'hui la fête de la victoire; les immenses préparatifs, que l'on a faits, doivent lui donner le plus grand éclat. Je me propose de vous y conduire avec vos filles ; vous me ferez plaisir de prendre vos arrangemens pour y paroître d'une manière convenable ; la circonstance me paroît heureuse pour sortir les deux robes que j'ai données.

Mme. DESLANDES.

Je compte, mon ami, que vous ne trouverez pas mauvais que je m'en dispense. Je ne vous le dissimule pas, je n'ai pas l'ame assez tranquille pour prendre part à la joie bruyante de cette cérémonie. Quant à vos filles, si j'étois écoutée, elles n'y assisteroient pas non-plus ; je voulois, en vous quittant, leur parler de bien d'autres choses que d'amusemens et de plaisirs ; mais si vous l'exigez absolument, je ne puis y mettre d'obstacle.

M. DESLANDES.

Oui, je le désire, ma chére, et je suis en même-tems très-faché que vous vous refusiez à nous accompagner, mais je ne veux pas vous gêner.

Mme. D E S L A N D E S.

Je vais leur dire de s'y préparer.

S C Ê N E IIme.

M. D E S L A N D E S.

ENFIN c'est donc une affaire terminée ,
et j'espère qu'il n'en sera plus question entre
nous. Quel dommage qu'une femme dont le
cœur et l'esprit offrent tant de ressources ,
se jette dans les écarts d'une imagination
outrée et sans frein ! Ses indomptables principes ne cèdent à aucune considération, ne
savent se plier ni aux tems, ni aux circonstances, ni aux évènemens. Justice, probité,
vertu, ces sentimens occupent tellement ses
pensées , ils maîtrisent si impérieusement
toutes ses facultés, que quelquefois elles les
voit où ils ne sont pas, et qu'elle se passionne
pour ce qui n'en est que l'apparence. J'ex-
cuse la dureté de ses reproches, en faveur

de la pureté de ses vues, mais à l'avenir j'é-
viterai de pareilles explications.

> (*Il prend le chemin de son comptoir,
> en se retournant, il appercoit Ma-
> demoiselle Linard.*)

Mais voici Mlle. Linard, que me veut-
elle.

SCÈNE III^{mc},

M. DESLANDES, Mlle. LINARD.

Mlle. LINARD.

ON m'a signifié, Monsieur, en votre nom,
un acte en Remboursement de la rente que
vous me devez.

M. DESLANDES.

Eh bien, Mademoiselle !

Mlle. LINARD.

Je ne peux pas y croire encore, et j'ai
voulu m'assurer par vous-même, si une erreur
de nom, ou quelque mal-entendu...

M. DESLANDES (*vivement*).

Non, Mademoiselle, il n'y a ni erreur, ni mal-entendu; j'ai donné les ordres très-expresse de vous faire la signification dont vous me parlez.

Mlle. LINARD.

Comment, à moi, Monsieur! Il seroit possible que vous vous fussiez déterminé à vous acquitter ainsi envers moi !

M. DESLANDES.

Vous, comme les autres. Je rembourse aujourd'hui tous mes Créanciers, et vous avez dû être comprise dans la liste.

Mlle LINARD.

Ah, Monsieur, une malheureuse fille ne trouveroit-elle pas grace devant vous ? Je suis ruinée sans ressource, à l'aumône, exactement à l'aumône, si vous n'avez pas cette charité pour moi. Dans quelques jours peut-être, je ne trouverai pas une livre de pain pour tous les assignats que j'ai reçus aujourd'hui de vous.

M. DESLANDES.

Je suis très-faché, mais chacun connoît ses affaires.

Mlle. LINARD.

Ayez la bonté de considérer, Monsieur ; que je ne suis plus dans l'âge du travail ; de cruelles infirmités m'ont forcé d'abandonner ma profession de bonne-heure ; vous ne l'ignorez pas, je suis habituellement dans un état de langueur et de souffrance qui augmentent sensiblement tous les jours.

M. DESLANDES.

Je sais tout cela, mais je sais aussi que dans les Remboursemens qui m'ont été faits, on n'a eu aucun égard à des motifs aussi puissans que les vôtres. Père d'une assez nombreuse famille, engagé dans d'immenses affaires de commerce, grêvé d'obligations très-onéreuses, envers mes Créanciers, rien de tout cela n'a été écouté ; il a fallu se soumettre aux rigueurs de la loi ; la même loi aujourd'hui vient à mon secours, ce n'est pas ma faute si elle vous frappe, comme elle m'a frappé moi-même avant vous.

Mlle. LINARD.

Quelle différence, Monsieur, de votre position à la mienne ! De grands biens, de

grands moyens vous restent encore pour
réparer vos pertes ; moi, je n'ai plus rien,
il ne me reste ni travail, ni ressource, ni
propriété, ni revenu, ni l'espérance même
de m'en procurer : mon patrimoine, mes
épargnes, vous avez tout entre vos mains,
mon existence, ma vie dépendent de vous.
Ah, mon cher M. Deslandes ! vous dont
l'ame est généreuse et bienfaisante, vous
dont j'ai recueilli quelquefois et distribué les
sacrifices secrets que vous faisiez à l'indigence, seroit-il possible que vous voulussiez
vous résoudre à réunir dans moi l'excès de
l'affliction et de la pauvreté ! Je vous en
conjure par vous-même, et au nom de tout
ce que vous avez de plus cher au monde,
ne fermez pas votre cœur à mes instantes
supplications ; je me jette à vos genoux.
(*Elle tombe aux pieds de M. Deslandes*).
j'arrose vos pieds de mes larmes....

M. D E S L A N D E S (*avec empressement*).

Que faites-vous, Mlle. Linard? levez-vous,
je vous en supplie.

Mlle. L I N A R D.

Non, je ne vous quitte pas.....

M. D E S L A N D E S.

Mademoiselle Linard, encore une fois ;
levez-vous, ou je me retire à l'instant.

Mlle. L I N A R D.

Mon protecteur, mon père ! écoutez la
prière d'une infortunée....

M D E S L A N D E S.

Mademoiselle Linard, vous me désespérez,
relevez-vous, de grace.

Mlle. L I N A R D.

> (*Elle se relève, lui prend les deux
> mains, les serre très - étroitement,
> et le regardant avec beaucoup d'ex-
> pression*).

Bon M. Deslandes! ouvrez votre cœur à
sa générosité naturelle, promettez-moi donc
que vous ne me mettrez pas du nombre de
ceux que vous voulez rembourser.

M. D E S L A N D E S (*s'efforcant de se
débarasser*).

Moi, Mademoiselle, je ne puis faire une
pareille exception ; la gêne que j'éprouve,
ne me le permet pas.

Mlle L I N A R D (*toujours lui serrant les mains*).

Vous êtes gêné, dites-vous, M. Deslandes, eh bien tenez, j'ai une proposition à vous faire. Pourvu que j'aie ma subsistance, mon pain, mon plus stricte nécessaire, je suis contente, je consens à la réduction de la moitié de ma rente, si vous voulez vous obliger à me donner l'autre, quelques circonstances qui surviennent.

M. DESLANDES.

Il m'est impossible d'entrer dans cet arrangement, et puis je n'ai pas de numéraire.

Mlle LINARD..

J'attenderez vos momens, vous me payerez par aussi petites portions que vous jugerez à propos; écu par écu, si vous voulez.

M. DESLANDES.

Non, Mademoiselle, je vous le répète, ne comptez pas la dessus.

Mlle. LINARD.

Quoi ! rien n'est capable de vous fléchir !

ni les épanchemens de la douleur, ni les accens, ni les cris de la misère, ne peuvent parvenir jusqu'à votre cœur! Vous êtes donc décidé à consommer ma ruine et à me mettre sur le pavé?..... Vous ne me répondez pas, M. Deslandes, dites donc que voulez-vous que je devienne?

M. DESLANDES.

Que voulez-vous que je vous dise, Mademoiselle, c'est un évènement majeur, il faut prendre son parti.

Mlle. LINARD.

(Elle le quitte, s'éloigne de lui de quelques pas, avec un mouvement d'indignation).

Eh bien, eh bien, homme barbare, il est pris ce parti, mais il sera terrible pour toi! Je te supposois une ame généreuse et sensible, j'avois la confiance de trouver dans toi des sentimens de probité et d'honneur, insensée que j'étois! je n'ai trouvé qu'une basse et froide avidité ; je n'ai recueilli de tes lèvres qu'une réponse de mort. A mon tour, mes entrailles vont devenir d'airain et sans miséricorde ; je vais m'attacher à toi avec la

persévérance du malheureux sur les traces
de l'homme qui emporte ses dépouilles; je
semerai sur tes pas l'affront, le mépris, l'opprobre, l'avanie; je démasquerai sur les toits
et ta fausse vertu, pire cent fois que le vice
affiché, et ton simulacre de probité qui sa-
crifie tout à un ignoble intérêt, et ton hip-
pocrite bienfaisance qui répand quelques
vaines largesses pour couvrir les dépréda-
tions de l'iniquité. Eh quels risques ai-je à
courir dans ma vengeance ? la mort ! Peut-
être l'argent que tu me voles, servira entre
tes mains à en accélérer le moment, le crime en effet appelle toujours le crime; mais
que m'importe la mort au milieu des horreurs qui vont environner les foibles restes
de ma vie? La mort n'a-t-elle pas déjà tous
ses germes dans mon sein ? La mort ne
sera-t-elle pas pour moi une précieuse faveur? Oui, tremble misérable, je n'ai plus
de mesures à garder près de toi; tu m'as ré-
duite à fouler aux pieds tous mes devoirs
envers moi-même. Tiens donc, je te rends
un papier aussi vil que toi, (*elle lui jette les*
assignats de son Remboursement en un pa-
quet), il est digne de ton ame sordide d'en

faire un double emploi, en remboursant un autre de tes Créanciers. Adieu, sois sûr de me retrouver à la première occasion.

SCÈNE IVme.

M. DESLANDES. (*Il la suit des yeux, puis se retournant*).

PAUVRE fille ! il faut que la tête lui ait tournée ! Je m'attendois bien à des tracasseries, à quelque mauvaise humeur, mais une sortie aussi extravagante, je n'en peut revenir. L'effrontée ! avec quelle audace elle me bravoit ! avec quelle insolence elle m'annonçoit ses menaces ! Mais que peut - elle faire ? qu'elle prenne garde à son tour, au moindre mouvement de sa part, je saurai la réprimer de manière à lui ôter l'envie d'y revenir. Enfin, c'est une bourasque passée, à laquelle il ne faut plus songer, et qui ne reviendra plus. Je vais lui renvoyer ce paquet, (*il le ramasse*), et ce sera le dernier rapport que j'aurai jamais avec elle.

(*Il prend le chemin de son comptoir pour sonner un domestique, et dans le même moment entre M. Monclair*).

SCENE

S C E N E V.me.

M. DESLANDES, M. MONCLAIR.

M. MONCLAIR.

Nous sommes liés, mon cher Deslandes, dès notre plus tendre jeunesse, par la plus étroite amitié, et l'amitié seule m'a conduit dans le choix du dépôt de ma fortune. Je ne viens point vous faire de reproches sur la manière dont vous me la remettez. Ce qui m'amène près de vous, est vous-même, un seul mot vous suffira pour m'entendre.

Vous dire, mon ami, que je n'ai pas été infiniment sensible au coup qui vient de me frapper, cette résignation absolue est au-dessus de mes forces, oui le cœur m'a seigné, en pressentant les nouveaux malheurs qui me sont encore réservés. Mais la première impression faite, bientôt la raison m'a rendu mon courage. Ah, mon ami, il n'en a pas été de même à l'égard de ma pauvre femme! Eh quoi, s'est-elle écriée, après les convulsions d'un long évanouissement! Eh quoi! c'est une main aussi chère qui dirige contre nous le poignard qui nous tue! c'est l'homme de notre confiance qui profite d'une loi qui rompt tous les liens de la confiance et de l'honneur! Oui, je veux aller lui parler moi-même, je lui rappellerai la nature, les circonstances et la sainteté de ses engagemens ; je lui ferai entendre le langage de la probité, de la décence publique ; je le connois, son cœur n'est point étranger à la vertu; il peut être égaré, mais je ne le crois pas corrompu.... Mme. Monclair vouloit venir en effet, mon ami ; je suis plus calme qu'elle ; j'ai craint une explosion peut-être trop vive ; j'ai préféré paroître moi-même , et vous exposer à-la-fois nos sentimens et notre situation. Nos sentimens sont que vous ne suivez pas la voie de l'honneur; notre situation est telle qu'il ne nous reste plus qu'à vendre nos meubles, effets, et mourrir, en vous accusant de notre malheureux sort. Voilà ce que j'avois à vous dire, je vous abandonne maintenant à vos propres ré-flexions ; je me retire .mon ami.

(*Il s'en va*).

M. D E S L A N D E S.

Vous me laissez, mon cher Monclair, et vous ne voulez pas m'entendre.

M. M O N C L A I R (*en se retournant*).

Evitons, mon ami, toute explication dangereuse; c'est ici une affaire de sentiment et d'honneur, le cœur seul en est juge, c'est à vous de prononcer.   (*Il sort*).

S C È N E VIme.

M· D E S L A N D E S.

DANS une heure deux visittes de cette nature! jamais je n'y tiendrai si mes autres Créanciers arrivent successivement.

> (*Il va à son comptoir et sonne, un domestique paroît, il lui dit :*)

Vous ne laisserez entrer qui que ce soit.

> (*Il se met sur un fauteuil, paroît très-rêveur, et après un moment de silence*),

De quels sanglans reproches je suis accablé !... Combien de malheureux je vais faire !... mes parens , mes amis, mes plus intimes connoissances, et ces autres intéressantes créatures qui peut-être dans ce moment ne se rappellent de moi qu'avec horreur, voilà donc mes victimes! Seroit-il vrai que plus inhumain encore envers moi-même, je ne dusse laisser qu'un nom déshonoré, une mémoire honteuse!... Monclair a jetté dans mon ame des doutes effrayans, et sous des formes amicales et douces , jamais leçon n'a été plus profondément sentie. Et cette Linard, cette audacieuse Linard, ses menaces me sont malgré moi toujours présentes. Qui sait à quelles extrêmités un aussi violent caractère peut se porter? Cependant que fais-je plus que des milliers d'autres ? et pourquoi n'éprouverois-je pas la même tranquillité d'ame ? Non , je ne puis m'en défendre, depuis quelques jours je ne sens pas dans moi cette paix intérieure. Jouet infortuné de mille pensées contraires, je ne sais plus à laquelle me fixer ; elles m'importunent toutes, et je ne change que de peine à les rejetter ou les suivre. Cruel supplice de l'incertitude ! je ne vis

pas au milieu de tant d'agitations ennemies ;
je veux finir ces combats avec moi - même ;
voyons encore, si quelqu'heureux tempéram-
ment, ne pourroit pas concilier tous les intérêts.

Fin du deuxième Acte.

ACTE III.me

SCÈNE PREMIÈRE.

Mme. DESLANDES.

MES filles viennent de partir et leur père les accompagne. Il a voulu qu'elles parussent dans le plus grand éclat à la fête qui se célèbre, et les y conduire lui-même, pour jouir en quelque sorte du triomphe de leurs foibles attraits relevés par la richesse et l'élégance de la parure. Infortuné qui ne voit pas que déjà peut-être il est l'objet de la censure publique; que déjà le bruit de ses Remboursemens s'est répandu dans toute la ville; que les cris des malheureux qu'il a faits retentissent dans toutes les oreilles, et que ce luxe, cette somptuosité qu'il étale paroîtront sans-doute une insulte et un outrage à la misére de ceux qu'il a ruinés. J'ai fait l'inimaginable pour empêcher cette pompe scandaleuse ; J'ai prié, sollicité, conjuré de prendre des habillemens plus modestes ; j'ai montré les rapprochemens odieux, les murmures secrets, les indiscrétions peut - être, peut-être même les libertés, les hardiesses qui pouvoient naître ; j'ai représenté qu'il ne falloit qu'un ennemi, une tète montée, une Mademoiselle Linard, par exemple, pour saisir cette occasion d'accomplir ses menaces, et donner lieu à une scène infiniment mortifiante. J'ai observé particulièrement que non seulement les joies et les plaisirs de la société n'étoient plus faits pour nous , mais encore que la plus profonde solitude devoit désormais être notre partage ; que nous avions perdu le droit de marcher la tête haute et avec la sécurité de l'innocence ; puisque la défection volontaire à nos engagemens déterminoit notre humiliante insolvabilité. Vains raisonnemens ! remontrances perdues ! instances inutiles !... Déplorable aveuglement ! de quels malheurs ne

peut-il pas être la source ! Puisse le ciel
écarter tous ceux que je prévois!

SCÈNE IIme.

Mme. DESLANDES , Mlle. BLOND , NANETTE.

Mlle. BLOND.

*(Elle parle dans la pièce qui est
contigue au salon. Dans cette pièce
est l'escalier qui communique aux
chambres hautes , et c'est dans l'une
d'elles qu'est Nanette).*

Nanette , Nanette ! vite , vite , descendez
les deux déshabillés de ces demoiselles, avec
leurs chapeaux , dépêchez-vous.

Mme. DESLANDES.

Qu'est-ce que j'entends ? Des déshabillés!
des chapeaux !

*(Toutes deux doivent
parler presqu'en mê-
tems.*

N A N E T T E.

Dans l'instant.

(On entend de suite Nanette des-
cendre rapidement l'escalier)

Mlle. B L O N D.

Ma bonne amie, portez cela sur-le-champ
chez Mme. Duhaumont, ne perdez pas un
instant. Où est Madame.

N A N E T T E.

Je la crois dans le salon.

(Mlle. Blond ouvre la porte, et dans
le même - tems, Mme. Deslandes
va à sa rencontre).

Mme. D E S L A N D E S *(avec le plus grand*
empressement).

Qu'y a-t-il donc, Mlle. Blond ?

Mlle. B L O N D.

Ah , Madame , un malheur ! un évènement affreux !... Pemettez que je m'asseye ,
et que je reprenne un moment mes esprits.

Mme. D E S L A N D E S *(avec une extrême*
précipitation.)

Que dites-vous, ma chère amie? qui? comment ?

Mlle. B L O N D (*respirant à peine*)

Vos Demoiselles.... viennent de recevoir....
l'insulte.... l'affront.... le plus sanglant....

Mme. D E S L A N D E S (*en l'interrompant*).

Mes filles ! ma chère Blond , quoi mes
filles ! Ah dites-moi donc !... où sont elles ?

Mlle B L O N D (*se levant de son siège*).

Je vais vous le dire, ma chère Madame ;
mais ne vous inquiettez pas maintenant sur
vos Demoiselles, elle sont en lieu de sureté
chez votre amie Mme Duhaumont.

Mme. D E S L A N D E S.

Que signifie tout cela ? Expliquez-vous ,
ma chère, je suis dans des transes mortelles.

Mlle B L O N D.

En sortant d'ici, avec M. Deslandes, nous
nous rendons sur la grande place. Ces Demoiselles apperçoivent plusieurs de leurs
bonnes amies , elle vont se joindre à elles,
et quelques momens après Monsieur nous
quitte pour se réunir à deux ou trois Messieurs de sa société. Toutes ensemble nous
nous promenons au milieu d'un peuple im-

mense. A peine avons-nous fait trois ou qua-
tre tours d'allée que tout - à - coup vos Demoiselles se trouvèrent assaillies de poussière,
de fange et de boue. Elles jettent un cri ,
nous nous retournons, et nous voyons Mademoiselle Linard, les mains pleines encore de
saleté qu'elle ramassoit et jettoit sans cesse ;
on l'arrête enfin , mais déjà nous étions en-
tourés d'un cercle très-nombreux , lorsque
M. Deslandes qui causoit à quelques pas de
nous , arrive, perce la foule, voit ses filles en
larmes, et l'état déplorable où elles sont. Dès
l'instant même que cette furieuse apperçoit M.
Deslandes, son visage , ses yeux, tous ses traits
semblent prendre un caractère plus marqué
encore d'indignation et de rage. Citoyens ,
a-t-elle dit, d'une voix ferme , et s'adressant
au peuple qui nous environna , Citoyens ,
voilà l'odieux objet de ma vengeance et de
ma haine. J'avois un foible patrimoine à peine
suffisant pour me faire vivre ; ce denier du
pauvre je l'ai remis entre les mains du Ci-
toyen Deslandes ; je le croyois honnête alors,
il vient de me voler mon dépôt, en me remboursant hier avec des chiffons. Je suis allée
ce matin lui exposer mon horrible position,

je l'ai prié, je me suis jettée à ses genoux;
je me suis humiliée jusqu'à baiser ses pieds;
son cœur de bronze a été sourd à mes cris.
Citoyens, vous voyez la destination de ce
brigandage; c'est pour afficher un luxe in-
solent, c'est sur ma propre subsistance, mon
pain, ma vie, qu'ont été prises les indignes
superfluités dont ses filles sont maintenant
revêtues. Non, l'auteur d'un si grand attentats ne doit pas être impuni.... En même-
tems, Madame, elle ramasse avec une éton-
nante rapidité une poignée de boue dans
une ornière, et la décharge sur M. Deslandes. M. Deslandes transporté de colère,
se jette sur elle et la frappe, Une rumeur,
un tumulte affreux s'éléve alors ; la garde
arrive du dépôt voisin, se saisi des deux
auteurs du mouvement, et les conduit devant le juge de paix. Ah ma chère Madame, j'ai vu le pauvre M. Deslandes au
milieu des huées publiques ! j'ai entendu
insulter à son malheur, et des voix crioient,
*C'est bien fait, justice contre les voleurs,
contre ceux qui s'enrichissent au dépend du
pauvre.* Vos Demoiselles n'ont pu tenir à ce
spectacle déchirant ; long-tems on n'a pu
les faire revenir de leur évanouissement ;

enfin après bien des soins, on est parvenu à les conduire chez Mme. Duhaumont, où je viens de leur envoyer des habillemens pour changer.... Ah voici Nanette de retour.

S C È N E IIIme.

Mme. DESLANDES, Mlle BLOND, N A N E T T E.

Mme. DESLANDES (*très-vivement*).

EH bien Nanette, as-tu vu mes enfans? donne-moi de leurs nouvelles.

NANETTE.

Ah, Madame, j'ai encore le cœur gros de ce que je viens de voir! Ces chères De-moiselles, aussi-tôt qu'elles m'ont apperçu, se sont jettées à mon cou, elles m'accabloient de caresses et de questions ; notre bonne ma-man sait-elle notre malheur ? comment se porte-t-elle ? n'est-elle pas fâchée contre nous d'avoir plutôt obéi à papa qu'à elle ?

Et papa, papa! où est-il? qu'est-il devenu? A ces mots les pleurs, les sanglots étouf-fent leur voix; tristes, abattues, long-tems elles gardent un morne silence. Enfin, ma chère amie, me dit Mademoiselle Agathe, il faut que tu retournes vers notre bonne maman, dis-lui que nous lui demandons à genoux notre pardon. Nous voudrions bien y aller sur-le-champ nous-mêmes, mais elle nous permettra de ne rentrer à la maison que vers le soir.

Mme. D E S L A N D E S

Les pauvres petites! elles sont assez cruel-lement punies d'une faute dont elles sont in-nocentes. Va, cours, ma chère Nanette; dis-leur que je les embrasse de toute la tendresse de mon ame, et que si je puis disposer d'un moment, j'irai les voir.

N A N E T T E.

J'y vole, Madame; quelle consolation je vais donner à ces chères Demoiselles!

(*Elle sort vivement*).

S C È N E IVme.

Mme. DESLANDES , Mlle. BLOND·

Mme. DESLANDES.

ME voilà un peu tranquille sur mes filles; mais mon mari, ma chère Mlle. Blond, mon mari me cause bien de l'inquiétude. Ma bonne amie, il faut que de votre côté, vous m'aidiez dans cette malheureuse circonstance.

Mlle. BLOND.

De tout mon cœur, ma chère Madame; parlez, que voulez-vous que je fasse? je suis à vos ordres.

Mme. DESLANDES.

Je voudrois que vous allassiez de suite verse lieu où l'on a conduit M. Deslandes; là, vous vous informeriez de ce qui s'est passé, vous prenderiez toutes les connois-sances que vou scroiriez devoir m'intéresser, et vous viendriez m'en faire part.

Mlle. B L O N D.

Je vais faire de mon mieux.

S C È N E Vme.

Mme. D E S L A N D E S.

QUELLE épouvantable scêne !.... Est-il
une dégradation pareille à celle de ma malheureuse famille !.... Mon époux flétri et
le jouet de toute la ville , conduit , comme
un malfaiteur , devant les tribunaux ! Mes
filles , trainées dans la boue , réduites à ca-
cher leur honte sous un toit étranger , et
fuyant maintenant la lumière du soleil ! Et
moi, et moi épouse et mère innocente, pros-
crite aussi aux yeux de la probité et de
l'honneur! Cependant au milieu des horreurs
qui m'environnent , pourquoi n'éprouvé - je
pas cette sensibilité profonde qu'inspirent les
grands désastres ? Pourquoi dans le deüil universel de tous les miens , mes yeux n'ont-
ils pas encore versé de larmes ? Non, du
sein de cet abîme d'avilissement, il s'élève

malgré

malgré moi dans mon ame, je ne sais quelle
sérénité, le dirai-je même ? je ne sais quel
sentiment de joie, qui me promet la fin prochaine de mes peines. Je te salue céleste
présage de la paix de mon cœur ! précieuse
aurore de mon espoir et de mes vœux, sois
mon soutien et mon guide. O ciel, s'il étoit
vrai que cette terrible leçon devint pour nous
une leçon utile ! S'il étoit vrai que mon époux
enfin désabusé, voulut effacer un jour de
honte d'une vie jusqu'alors irréprochable et
pure ! Oh combien, à ce prix, je bénirois
nos passagères humiliations ! Inspirez - moi
vos pensées ô vous divines vertus des ames
honnêtes ! Bientôt....

SCÈNE VIme.

MME, DESLANDES, MLLE BLOND.

Mlle. BLOND.

MADAME, M. Deslandes rentre dans ce
moment chez lui ; je l'ai trouvé sortant de
chez le juge de paix ; il étoit accompagné

F

de plusieurs de ses amis qui ne l'ont point abandonné; j'ai su que son affaire étoit ajournée à demain; je l'ai précédé de quelques pas pour vous prévenir. Il vous a demandé en entrant, il va paroître, . . . le voilà.

SCÈNE VIIIme.

Mme. DESLANDES , Mlle. BLOND , M. DESLANDES.

Mme. DESLANDES.

(Elle fait quelques pas au-devant de son mari. Mademoiselle Blond se retire).

Cher Epoux ! . . . . .

(Elle se précipite sur lui , il se tiennent long-tems dans les bras l'un de l'autre, en versant des larmes).

M. DESLANDES.

(Retenant encore les mains de sa sa femme , et les serrant étroitement).

Bonne amie , je ne suis plus digne de toi !....

(Il va se jetter sur un canapé. Ma-
dame Deslandes se place à - côté
de lui.)

M. D E S L A N D E S (*le plus près du*
parterre

Il est là (*en se frappant la poitrine*) ce
trait fatal qui me tue!.... il a pénétré jusques dans les plus intimes issues de mon
cœur, ce poison mortel qui me dévore!...

Mme. D E S L A N D E S.

(Pendant ces exclamation , elle est
tournée du côté de son mari, en
baissant la tête et essuyant ses
pleurs).

Mon bon ami !....

M. D E S L A N D E S. (*l'interrompant brus-*
quement).

Cruelle Linard!.... m'as-tu assez abbreuvé
d'oprobres !.... tu n'as encore qu'une partie
de ta victime, j'acheverai bientôt le triomphe
de ta haine ; chaque instant de ma vie m'immole à ta vengeance.

Mme. D E S L A N D E S.

M. Deslandes, voulez-vous. . . . . .

M. D e s l a n d e s (*toujours l'interrompant*).

O images douloureuses ! ô amers souvenirs !.... désormais je n'existerai plus sans
vous !.... Mes filles, objet d'un outrage inconnu jusqu'à elles ! Et ces huées, cette ab-
jection au milieu des cris de la haine et du
mépris ! Chers enfans.... et toi, ô ma res-
pectable épouse

> (*Il se retourne vers elle, lui tend la
> main en la fixant avec l'expression
> de la plus profonde douleur*).

bientôt vous fermerez ma paupière, et vous
devrez rougir du nom que je vous laisse !

Mme. D e s l a n d e s.

Mon bon ami , je vous en conjure au
nom......

M. D e s l a n d e s (*même interruption*)
(*Avec tendresse*).

Où sont-ils ces pauvres enfans ? (*regar-
dant de toute-part*) je ne les ai pas vu. Que
je les embrasse, et qu'ils me pardonnent de
leur avoir donné le jour !

Mme. D e s l a n d e s.

Tranquillisez - vous, mon ami, elles sont

chez Mme. Duhaumont ; elles reviendrout
ce soir

M. D E S L A N D E S.

Ce soir ! Elles attendent sans doute les
ténébres de la nuit pour sortir ! Ainsi la clarté
du jour commence déjà à être aussi im-
portune à l'innocence qu'au crime !.... Père
homicide !

(*Il se lève en même-tems avec transport, Mme. Deslandes le suit*).
Et c'est dans ta maison qu'habitent les pre-
mières victimes !....

(*Après quelques momens de silence*).
Chère épouse, jai un dernier service à vous
demander.

Mme. D E S L A N D E S (*vivement*).

Ah, mon bon ami, que me dites-vous, et
à quelles horribles pensées j'ai la douleur de
vous voir livré ! je vous en supplie au nom
de vos plus chers intérêts , des miens, de
celui de vos enfans , ne vous refusez pas
aux consolations de votre épouse.

M. D E S L A N D E S.

Des consolations ! il n'en est plus pour

F 1

moi ! mon plus mortel ennemi maintenant est moi-même ! c'est dans mon propre sein qu'est mon enfer et mon bourreau ! Qui me délivrera de ce poids, de ce tumulte, de ce travail intérieur qui me consume ? Est-il une puissance sur la terre qui puisse me dérober à mes propres regards, aux importunités et aux fatigues de mon existence ?

Mme. DESLANDES.

Eh bien, oui, mon ami, elle existe cette puissance, c'est la raison, c'est le courage, et vos propres remords. Voulez-vous vous rendre à vous-même, à votre famille, à vos amis ? je ne vous demande qu'un mot, un signe, un retour d'un instant sur votre position actuelle.

M. DESLANDES.

Que me demandez-vous, ma chère, et qu'avez-vous à me proposer ?

Mme. DESLANDES.

Mon bon ami, il n'y a pas à balancer. Il faut qu'il finisse à l'instant pour vous cet état de torture et de gêne dans lequel vous êtes ; il faut sortir de ce mal-aise avec vous-

même, et que demain le soleil n'éclaire pas
l'abîme affreux ouvert sous vos pas. Est-ce
vivre que d'être sans cesse le désespoir des
autres, et un objet de haine à soi-même, et
jugez des tourmens qui se préparoient et
pour vous et pour nous, par l'effroyable supplice d'un seul jour. Il n'est qu'une voie, un
moyen de mettre un terme à une pareille
existence ; j'ai à vous proposer une mesure
grande, prompte, efficace, la seule qui con-
vienne à un homme qui a pu s'égarer un
moment, mais qui n'a pas cessé d'être pur
et généreux. C'est la reconnoissance publique de cet instant d'oubli : c'est votre récon-
ciliation solemnelle avec tous les devoirs que
la justice et l'honneur vous imposent ; c'est enfin
votre réhabiliation autentique dans l'estime
des hommes honnêtes, par une renoncia-
tion formelle et précise à l'effet de vos Remboursemens, en consentant un nouveau titre
obligatoire envers tous vos Créanciers.

M. DESLANDES.

Quoi à tous !

Mme. DESLANDES.

Oui à tous, sans exception aucune.

F 4

M. DESLANDES.

Quoi à cette Linard !

Mme. DESLANDES.

Nous n'avons pas peut-être tous deux les mêmes idées sur Mlle. Linard ; je dois vous dire avec franchise ce que j'en pense. Sans doute l'extrêmité à laquelle elle s'est portée m'a causé une impression infiniment douloureuse, mais, je vous l'avoue, la réflexion m'a bientôt ramenée à des pensées plus saines ; vous étiez, mon ami, dans une désolante sécurité sur vos Remboursemens ; les représentations les plus puissantes, les motifs les plus graves, les intérêts les plus majeurs, avoient constamment trouvé dans vous une résistance qui montroit l'excès de votre aveuglement. Il vous falloit une secousse vigoureuse, vous aviez besoin d'une opération désespérée en quelque sorte, je ne dis pas pour vous ôter, mais pour déchirer le voile épais qui vous couvroit la vue. Mlle. Linard a employé près de vous ce fer brûlant, cet instrument douloureux qui perce, ouvre sans pitié un ulcère rongeur pour le purifier et le guérir. La plaie, il est vrai, a été large et profonde, le mal cuisant et aigu, mais enfin le remède est souverain , infaillible , mais il porte avec lui le beaume de la vie. Elle doit donc être bien chère à mes yeux cette main qui, en vous mettant sur la voie de rendre à votre nom, à votre sang, à votre ame leur pureté originelle, peut vous arracher des bras de la plus honteuse mort civile. Non, n'en doutez pas, mon ami, c'est un malheur, c'est vraiment une calamité publique, que chacune de nos villes n'ait pas eu dans son sein une ame forte, un individu à grand caractère, capable d'une pareille audace ; certes aujourd'hui , le système spoliateur des Remboursemens n'auroit pas enfanté tant de crimes; aujourd'hui ne seroit pas connu ce scandale de tant de déplacemens de fortunes qui ne cessent de crier après leurs légitimes possesseurs ; aujourd'hui les mœurs, la bonne foi, la justice, l'honneur national même rendroient de concert un hommage de reconnoissance à l'heureuse témérité qui auroit flétri par l'opinion , l'obéissance à une loi désastreuse. Jugez maintenant si Mlle. Linard ne devra pas être comprise dans les nouveaux arrangemens dont je vous parle.

M. D E S L A N D E S.

Vous avez prévenu en partie les vues que j'avois à vous communiquer ; mais je mettois une différence entre mes Créanciers, je vou-lois seulement retirer les Remboursemens des plus pauvres : je crois que notre position exige cette séparation.

Mme. D E S L A N D E S.

Et pourquoi, mon ami, une pareille dis-tinction ? riches ou pauvres, ne leur êtes-vous pas redevable à tous au même titre ? Tous ne vous ont-ils par remis le dépôt de leurs fortunes ? Leurs fonds, leurs biens, leur patrimoine sont-ils entre vos mains des objets sans valeur ? Pourquoi donc acquit-teriez-vous l'un en valeurs réelles, et l'autre en valeurs stériles ? un vol fait à un riche, n'est-il pas toujours un vol ? Non, mon ami, non, point de demi-justice, point de com-position avec le devoir. Il faut nétoyer jus-qu'au fond même de l'égout ; il faut balayer jusqu'aux dernières immondices de ces Rem-boursemens ; c'est ne rien faire que de ne pas tout faire ; c'est n'avoir pas commencé que de rester en chemin, et l'estime publique n'accueille jamais l'homme coupable d'une seule infidélité à sa parole.

M. DESLANDES.

Alors, ma chére, je regarde mon entière libération comme impossible : Où trouverai-je tous les fonds nécessaires pour faire face à tous mes engagemens ?

Mme. DESLANDES.

Où les trouver ? moi, mon ami, je les vois par-tout. Dans la plus austère économie de notre maison, dans la réduction de toutes nos dépenses, dans le sacrifice des consommations d'agrémens et de luxe, dans la privation absolue de tout ce qui n'est pas indispensable besoin, dans le rappel de nos enfans, l'un de Paris, l'autre de Londres, dans nos travaux, dans nos nouveaux efforts pour rendre son ancienne splendeur à notre commerce. Enfin si tous ces moyens réunis ne suffisent pas, il n'y a pas à balancer, il faut s'exécuter en grand, il faut vendre domaines, maisons, meubles ; épuiser toutes nos ressources, nous pressurer dans toutes nos facultés, et ne connoître enfin d'impuissance de nous acquitter, qu'après la plénitude du sacrifice de tout ce que nous possédons.

M. DESLANDES.

Que ce parti et dur, ma chère! que cette extrêmité est cruelle! Je conçois qu'un homme isolé, sans suite et sans liaisons intimes de la nature et de la société, peut facilement se résoudre à de pareilles privations ; mais un père de famille ne doit-il rien à ses enfans ? est - il une seule circonstance qui l'oblige à les déshériter au profit des étrangers ? D'ailleurs avez-vous réfléchi que ce moment de notre expropriation générale est peut-être plus voisine de nous que vous ne le pensez ? A quoi tient-elle en effet ? à la volonté seule de nos Créanciers. Sous très-peu de tems le papier-monnoie n'aura plus cours, l'argent lui succédera dans les paiemens. Les échéances des nôtres arriveront successivement ; et si nos Créanciers nous pressent, s'il ne consentent à aucun terme ni délai, s'ils se refusent à attendre ou les produits d'une lente économie, ou les évènemens des spéculations incertaines, nous voilà à leur entière discrétion, forcés de recevoir leurs lois ; dès ce moment nous céssons d'être les maîtres de nos propriétés, elles leur appartiennent, et une fois entammées, avec elles disparoissent la confiance et le crédit du commerce. Sentez-vous où cette position peut nous conduire?

. Mme. D E S L A N D E S.

Je le sais, mon ami, cette chance est très-malheureuse ; mais j'en connois une autre bien plus effrayante encore, c'est celle du Débiteur assez corrompu pour s'enrichir par ses propres dettes. Cette voix, ce cri, cette réponse de l'honneur termine tout , embrasse tout, satisfait à tout. Aux yeux de cet honneur il n'est sacré, ni étrangers, ni dettes privilégiées ; enfans et Créanciers sont de la même famille. Et même, lorsque par la force des évènemens un homme honnête est placé dans la nécessité du sacrifice ou des liens du sang , ou des liens de l'honneur, lorsqu'il faut qu'il choisisse de déshériter ou ses propres enfans, ou ceux qui ont reçu sa parole en échange de leur dépôt, il n'hésite pas, il n'a pas besoin de délibérer , il croit le contrat de la confiance plus sacré encore que celui de la nature, il se dépouille lui et les siens, plutôt que de dépouiller autrui. Mais en êtes-vous à cette cruelle extrémité, mon ami? je ne le crois pas, combien de ressources s'ouvrent encore devant vous? L'avenir vous effraye d'avance, vous prévoyez des embaras, des évènemens funestes; sans doute ils sont très-possibles, mais essayez les moyens dont vous pouvez disposer, tentez toutes les voies qui vous restent encore. Une grande consolation, une récompense précieuse est du moins attachée à cette première mesure; c'est la paix intérieure, c'est le sentiment de vos dispositions honnêtes, c'est la conscience de vos efforts et de votre généreux dévouement. Enfin en supposant que de nouveaux revers, nous réduisent à nos dernières ressources, eh bien, dans cet état extrême nous rassemblerons et notre famille et nos Créanciers; nous dirons à nos enfans; mes chers amis, des circonstances inouies, un ordre de choses inconnu jusqu'à nous, nous a jettés, nous et le vaisseau de notre fortune au milieu d'un torrent dont les deux rives nous présentoient l'un la honte, l'autre l'honneur. Le vent, le courant,

le pilote nous appelloient ensemble vers la
première, la route étoit sûre, la descente
facile, une foule immense nous tendoit les
bras pour partager les jouissances de l'opu-
lence et de la richesse. De vastes écueils,
d'affreux débris de naufrage couvroient l'autre route, au-delà de laquelle on ne voyoit
que les horreurs de l'indigence et de la misère. Cependant c'est vers cette terre de gé-
missemens et de larmes que se sont tournés
tous nos regards, parce qu'avec elles habi-
toient l'innocence, le repos de l'ame, l'estime
publique et de soi-même. Mes chers enfans,
nous avons tout sacrifié, tout perdu pour
l'aborder, et de notre naufrage nous n'avons
sauvé que les biens, que les trésors d'un héritage pur, d'un nom sans tache et d'une incorruptible probité. Nous dirons à nos Créanciers; nous étions les dépositaires de vos fortunes, pendant long-tems votre ruine étoit
en notre pouvoir ; un seul mot de notre
part, et elle étoit consommée sans retour,
nous avons rejetté avec horreur d'indignes
richesses que la loi nous donnoit, mais que
la conscience n'avouoit pas. Votre dépôt a
survécu dans nos mains à toutes les tentations

de l'intérèt et de l'exemple, et il vous est conservé en entier. Ce n'est pas que nous n'ayons bien prévu la révolution qui, à la chûte du papier, alloit bientôt nous mettre nous-même dans votre dépendance, mais à nos yeux cette crainte a dû céder à nos devoirs, et nous n'avons été effraiés que des poursuites et des tourmens de l'infamie. Vous êtes donc aujourd'hui les maîtres et les arbitres de notre sort, nous ne vous demandons ni grace, ni remise; du tems, des délais, de la confiance dans notre probité, voilà ce que nous sollicitons auprès de vous; décidez maintenant de l'existence toute entière de vos Débiteurs; demain, si vous l'exigez, nos biens, nos possessions, nos propriétés, sans aucune réserve, seront hors de nos mains, ils vous appartiennent, puisqu'ils sont les garans et cautions de vos créances. Non, mon ami, je me plais à le croire, il n'est pas un seul de nos Créanciers insensible à notre position; pas un qui ne s'empressât de venir à notre aide, et de nous surpasser peut-être en générosité. Mais enfin s'il étoit possible que notre attente fut trompée, et que l'ingratitude dût être le

prix

prix de notre délicatesse, c'est dans la source même de nos malheurs que nous puiserons le courage de les supporter. L'homme de bien trouve son bonheur jusques dans ses souffrances pour la justice, il montre la même grandeur d'ame, lorsqu'il en est la victime ou le modèle ; sa consolation impérissable, sa joie de tous les momens, le beaumê de toutes ses plaies est dans le témoignage de sa conscience ; il obéit avec calme à la rigueur de ses destinées , jamais il ne porte ses regards en arrière pour regretter ses sacrifices ; plein de leurs pures délices, son dernier soupir est sa dernière offrande à la sainte vertu de la probité, et il meurt pauvre, obscur peut-être, mais enveloppé dans le drapeau de l'honneur, mais pour revivre toujous dans la mémoire des cœurs honnêtes.

M. DESLANDES (*ouvrant les bras et se précipitant vers Mme. Deslandes.*

O toi, ma tendre et fidelle amie ! ô toi, ma vénérable et magnanime épouse ! je ne sais plus te resister, et je cède aux inpirations de ta vertu. Séduit , égaré par de

coupables projets, qu'allois-je devenir ? dans
quel abîme d'avilissement je courois me précipiter ? Excellente amie, tu m'as éclairé
dans mes écarts, tu t'es attachée sur mes pas
pour les diriger par les lumières de ta raison
et la pureté de tes sentimens, quand ma
raison et mes sentimens ne m'étoient plus
connus. C'est à toi que je dois et ce retour
et cette victoire sur moi - même ; déjà je me
sens meilleur par mon seul abandon aux
conseils de ta sagesse ; déjà je me sens sou-
lagé de cet insupportable fardeau, de ce
poids daccusation terrible qui sélevoit contre
moi dans mon propre sein : inquiétudes,
remords, dureté, insensibilité du cœur, ty-
rans toujours implacables et de l'homme dé-
pravé, et de l'homme qui commence à l'être,
je ne connoîtrai plus l'effrayante responsabi-
lité qui marche à votre suite. Douce paix
de l'ame, précieux suffrage de la conscience,
devoir sacré de la justice, heureux joug de
la probité, auguste voix de l'honneur, me
voilà rendu, restitué à vous pour jamais, et
c'est des mains de l'amitié et de la vertu
même que me vient cette nouvelle existence.
Chère épouse, reçois en grace ta conquête,

et pardonne si un moment j'ai été indigne
de toi. Je l'expierai ce crime de t'avoir fait
rougir peut-être de m'appartenir, je l'effa-
cerai de ton souvenir cette offence mortelle
qui a souillé ton innocence des humiliations
et de la honte qui ne devoient frapper que
moi seul. Et toi qui dans ton désespoir osas
marquer mon front du signe hideux de
l'ignominie; toi l'objet d'une haine que je
croyois ne pouvoir mourir qu'avec moi, cou-
rageuse Linard, je te rends graces de ton
audace; tu as arraché de mes mains la proie
du crime; tu m'as ramené sur le champ de
l'honneur, par l'opprobre même de ma dé-
sertion; tu m'as abreuvé quelques momens
des amertumes de l'iniquité, pour me fixer,
pour m'enchaîner à jamais au culte de l'austère probité. J'irai, oui j'irai à mon tour me
jetter à tes pieds, te rendre les larmes que
je t'ai vu répandre aux miens, et implorer
une pitié que mon barbare cœur te refusoit.
Et vous, mes très-chers enfans, comment
reparoîtrai-je devant vous? O jour que je
voudrois effacer de mes jours! un vil intérêt remplaçoit à mes yeux vos plus chers intérêts; je vous traitois comme mes Créanciers
en oubliant la grandeur et la sainteté de ma

9 782329 059723